KB268761

風林火山

풍림
화산

임영기 新무협 판타지 소설

FANTASTIC ORIENTAL HEROES

풍림화산 3

임영기 新무협 판타지 소설

초판 1쇄 찍은 날 § 2010년 5월 24일
초판 1쇄 펴낸 날 § 2010년 5월 29일

지은이 § 임영기
펴낸이 § 서경석

편집장 § 문혜영
편집 § 서지현 · 이수민

펴낸곳 § 도서출판 청어람
등록번호 § 제1081-1-89호
등록일자 § 1999. 5. 31
어람번호 § 제2-1931호

주소 § 경기도 부천시 원미구 심곡2동 163-2 서경B/D 3F (우) 420-822
전화 § 032-656-4452 팩스 § 032-656-4453
http://www.chungeoram.com
E-mail § chungeoram@chungeoram.com

ⓒ 임영기, 2010

ISBN 978-89-251-2186-4 04810
ISBN 978-89-251-2123-9 (세트)

풍림화산

風林火山

임영기

新무협 판타지 소설

FANTASTIC ORIENTAL HEROES

청어람

目次

第二十二章
다시 혼자가 되다

풍림화산

촤아!

단운비는 바닥을 박차고 솟구쳐 올라 연못에서 단번에 튀어나왔다.

"……!"

그런데 두 발이 바닥에 닿기도 전에 그는 동굴 내부를 진동하고 있는 지독한 피비린내를 맡았다.

척!

연못가에 내려서는 것과 동시에 그는 동굴 바닥 여기저기에 쓰러져 있는 낯선 자들을 발견했다.

순간 불길함이 그의 등줄기를 할퀴듯이 훑었다.

다급히 두리번거리면서 한소진을 찾아보았다. 하지만 그녀의 모습은 어디에서도 보이지 않았다.

"진아……."

온몸에서 힘이 쭉 빠졌다. 귀별금보를 두 마리나 잡아서 한소진을 기쁘게 해줄 생각만 했지, 이런 상황을 보게 되리라고는 추호도 예상하지 않았다.

아무것도 생각나지 않았고, 생각할 수도 없다. 머릿속이 텅 비어버렸다.

너무도 큰 충격 때문에 이런 상황에서 무엇을 어떻게 해야 하는지도 생각나지 않았다.

그러다가 코를 찌르는 역한 피비린내 때문에 한순간 정신이 번쩍 들었다.

'진아가 납치됐다!'

그 사실이 단운비의 뒤통수를 호되게 후려쳤고, 심장을 갈가리 찢어발겼다.

일단 정신을 수습하자 본연의 냉철함이 빠르게 되살아났다.

그때부터 그는 빠른 동작으로 동굴 안을 샅샅이 살피기 시작했다.

목이 잘라진 시체가 두 구, 목이 부러지고 얼굴이 박살 난 시체 두 구, 그리고 한소진의 풍우백인을 목 한가운데 꽂은 채 죽은 시체 한 구, 모두 다섯 구다.

그는 모두 한소진의 솜씨라는 것을 한눈에 알아보았다.

더 이상 살펴보지 않고서도 어떻게 된 상황인지 알 수 있을 것 같았다.

졸지에 낯선 괴한들이 침입하여 한소진을 공격했다.

한소진은 처절하게 싸워서 괴한 중에 다섯 명을 죽였다.

그리고는 살아남은 자들이 그녀를 제압해서 끌고 갔다.

거기까지 생각한 단운비는 즉시 시체의 목에서 풍우백인을 뽑았다.

이어서 침상 머리 쪽의 바닥과 진흙 벽이 교차하는 지점의 벽을 팠다.

그러자 삼백여 개의 혈와각이 쏟아져 나왔다. 그곳은 만약의 경우를 대비해서 혈와각을 숨겨두는 장소였다.

단운비는 혈와각을 되는대로 한 주먹 움켜쥐고는 즉시 연못 속으로 뛰어들었다.

한소진을 끌고 간 자들이 멀리 가지 않았을 것이라고 판단하여 추격하려는 것이다.

그는 평소에 이런 일이 벌어질지도 모른다고 막연하게 염려는 했었다. 하지만 이렇게 갑작스럽게 현실로 들이닥칠지는 몰랐다.

그는 수중 동굴에서 강으로 나와 하류를 향해 전력으로 헤엄쳐 내려갔다.

그러다가 속도가 너무 늦다는 것을 깨달았다. 이런 급한 상황에서도 물속으로 헤엄치는 것은 순전히 그동안에 숨어 다니던 습관 때문이다.

그는 강물 밖으로 뛰어올라 강둑에 내려서서 하류를 향해서 전력으로 달리면서 재빨리 사방을 휘둘러보았다.

사람이라곤 그림자도 보이지 않았다. 들판과 숲, 산 같은 것들이 보일 뿐이다.

한소진이 없는 생활은 한 번도 상상해 본 적이 없다. 그것은 생각할 수도 없는 일이었다.

하지만 그것보다는 끌려간 한소진이 지금 이 순간 얼마나 무서워할 것인지를 생각하니 마음이 너무도 초조하고 급해졌다.

'진아, 기다려라.'

단운비는 어금니를 악물고 더욱 속도를 높였다.

숨어 지내던 동굴에서 이렇게 멀리 벗어나 보기는 처음이다.

지금 단운비는 바닷가의 깎아지른 절벽 아래 암석군이 길게 이어진 곳 끝의 어느 커다란 바위 뒤에 숨어 있었다.

그는 오른쪽으로 드넓게 펼쳐진 백사장의 한쪽 방향을 뚫어지게 주시하고 있었는데, 그곳에는 십오륙 명의 괴인물들이 모여 있었다.

그들은 모두 짙은 홍의를 입고 어깨에 검을 멘 모습이다.

　단운비는 돌덩이처럼 굳은 표정으로 눈도 깜빡이지 않고 어느 한 사람을 쏘아보고 있었다.

　그의 시선 끝에는 한소진이 있다. 한 명의 홍의인이 그녀를 어깨에 걸쳐 메고 있는 광경이다.

　단운비에게서 한소진이 있는 곳까지의 거리는 약 오십여 장쯤 되는 먼 거리지만 그녀의 표정까지 바로 눈앞에서 보듯이 똑똑히 보였다.

　그는 귀별금보의 백혈을 복용한 덕분에 웬만한 무림인보다 시력이 서너 배 이상 뛰어나다.

　단운비는 한소진이 두려움에 떨고 있을 것이라고 예상했으나 지금 그녀의 얼굴에 가득 떠올라 있는 것은 애틋한 안타까움이었다.

　한소진은 단운비하고 영영 헤어져야 하는 사실이 너무도 안타까운 것이다.

　그리고 그것을 한눈에 알아차린 단운비는 애간장이 다 타는 것 같은 심정이었다.

　그곳에는 한 척의 작은 배가 정박해 있고, 한소진은 그 배에 태워지고 있는 중이다.

　그 광경을 보고 있으면서도 단운비는 한소진을 구하러 달려가지 못했다.

　당장 달려가서 사생결단을 내고 싶은 마음이 굴뚝같았지만 그럴 수가 없는 상황이다.

상대는 십오륙 명이나 된다. 한소진이 그들과 싸워서 네 명을 죽인 것을 보면, 그녀보다 한 수 위인 단운비는 잘해봐야 예닐곱 명을 죽일 수 있을 것이다.

그렇게 해서는 한소진을 구할 수가 없다. 더구나 단운비가 숨어 있는 곳은 바위의 맨 끝이고, 이곳에서부터는 사방이 탁 트인 백사장이다. 달려가는 도중에 발각되는 것은 자명한 일이다.

무슨 엄폐물이 있어야 몰래 다가가서 급습을 하거나 다른 수를 노려볼 수도 있다. 그러므로 지금 뛰어나가는 것은 자살 행위나 다름없는 일이었다.

단운비는 바다 쪽을 쳐다보았다. 망망대해 까마득한 곳에 하나의 점이 있었다.

섬에서 십여 리 이상 떨어진 거리지만 그의 눈에는 또렷하게 잘 보였다.

그것은 거대한 성채 같은 한 척의 거선이었다. 홍의인들은 한소진을 저 거선으로 데려가려는 것 같았다.

그때 한소진을 태운 작은 배가 백사장을 출발했다.

백사장에는 네 명의 홍의인이 남았다. 그들은 나란히 서서 넘실거리는 파도를 타고 멀어지는 작은 배를 지켜보았다.

단운비는 네 명의 홍의인이 왜 백사장에 남았는지 즉시 알아차렸다.

단운비와 한소진의 보금자리였던 수중 동굴에 죽어 있는

네 구의 시체를 수습하려는 것이 분명했다.

단운비는 멀어지고 있는 작은 배와 백사장의 네 명의 홍의
인을 번갈아 쳐다보았다.

작은 배가 거선에 도착하더라도 거선은 쉽사리 떠날 것 같
지 않았다.

아마도 저 거선이 이곳 섬에서 벌어진 모든 일을 총괄 지휘
하는 사령선(司令船)인 듯했다.

그렇다면 거선은 지난 일 년여 동안 저곳에 줄곧 정박해 있
었을 것이다.

어차피 지금은 한소진을 구할 수 없다. 그리고 수중 동굴에
는 챙겨야 할 물건들이 있다.

또한 그곳에는 단운비가 진흙벽 속에서 꺼낸 삼백여 개의
혈와각이 바닥에 그대로 널려 있는 상태다. 홍의인들이 그것
을 발견하면 그냥 내버려 둘 리가 없다.

생각에 거기에 이른 단운비는 즉시 몸을 돌려 최대한 자세
를 숙이면서 왔던 길을 돌아가기 시작했다.

야트막한 언덕을 넘어 뒤돌아보자 백사장의 홍의인들이
보이지 않았다. 그곳에서부터는 전력으로 백운비행을 전개
해서 쏘아갔다.

아까 단운비는 한소진을 찾아 헤매면서 섬을 돌아다니는
동안 사람을 한 명도 발견하지 못했다.

그것은 납치되어 후최면작술이 걸린 채 이곳에 버려졌던

자들이 모두 죽었거나, 생존자들이 이미 다른 곳으로 옮겨졌
을 것이라는 짐작을 가능하게 했다.

거선이 아직 떠나지 않은 이유는 아직 할 일이 남아 있기
때문일 것이다.

단운비는 그 할 일이란 것이 아마도 자신과 한소진을 찾아
내는 것이 분명하다고 생각했다.

그러므로 거선은 단운비를 찾아내기 전에는 떠나지 않을
것이다.

네 명의 홍의인은 강변을 일렬로 나는 듯이 달리고 있다.

준마가 전속력으로 달리는 속도와 비슷해서 주위의 풍경
이 휙휙 빠르게 뒤로 스쳐 지나갔다.

홍의인들의 오른쪽은 가파른 벼랑이며 오륙 장 아래로 유
유히 강이 흐르고, 왼쪽은 탁 트인 초원인데 저 멀리 울창한
숲을 이룬 산이 있다.

그들이 백사장을 출발한 지 이각여쯤 지났다.

이윽고 홍의인들의 왼쪽에 초원이 사라지고 숲이 나타났
다.

그리고 잠시 후에는 강둑이 점차 좁아지더니 폭이 일 장 정
도가 되었다.

그때 홍의인들이 막 지나친 숲에서 하나의 흰 물체가 빠르
게 튀어나왔다.

흰 물체는 다름 아닌 벌거벗은 단운비다. 그는 추호의 기척
도 없이 숲에서 나와 홍의인들 후미에 따라붙었다.

처음에는 오 장 거리였으나 곧 이 장으로 가까워졌다. 그러
나 홍의인들은 단운비의 존재를 까맣게 모르고 있었다.

홍의인들 뒤를 한 명의 벌거벗은 남자가 바짝 뒤쫓고 있는
광경을 누가 본다면 배꼽을 잡고 웃을 일이었다.

하지만 단운비에겐 생사를 건 중대사다.

그의 오른손에는 한소진의 풍우백인이 움켜쥐어져 있고,
왼손에는 한 주먹의 혈와각이 있다.

지금 그가 전개하고 있는 백운비행은 홍의인들의 경공보
다 훨씬 뛰어난 것이 분명하다.

그는 일 갑자를 조금 웃도는 공력의 칠성만으로 백운비행
을 전개하고 있는데도 홍의인들을 추월할 것 같아서 공력을
육성으로 줄였다.

단운비는 왼손 손가락 사이에 혈와각을 두 개만 남기고 나
머지는 모두 입에 물었다.

전방 일 장 반 거리를 달려가고 있는 맨 뒤쪽 홍의인의 뒷
모습을 쏘아보는 그의 두 눈에서 시퍼런 살광이 와르르 쏟아
졌다.

맨 뒤에 달리고 있는 홍의인에 가려서 그 앞쪽의 홍의인 모
습이 보이지 않았으나 상관이 없다.

슉.

　그때 단운비의 왼손 손목이 안으로 잔뜩 굽혀졌다고 여긴 순간 재빨리 펼쳐졌다.

　그리고 두 개의 혈와각이 맨 뒤를 달리고 있는 홍의인을 향해 추호의 기척도 없이 쏘아갔다.

　단운비는 수중 동굴 외의 장소에서, 그리고 사람을 상대로 혈각비를 전개하는 것은 지금이 처음이다.

　하지만 그는 혈각비를 비롯한 자신이 익힌 모든 무공에 대해서 확고한 자신감을 갖고 있었다.

　그는 홍의인 뒤통수를 향해 쏘아가는 빛살처럼 빠른 혈와각을 보면서 한 가지 새로운 사실을 깨달았다.

　지금은 중천에 해가 쨍쨍 빛나는 대낮인데도 허공을 쏘아가는 혈와각이 반짝이지 않았다. 그것은 혈와각이 흰색이면서도 빛을 반사하지 않는다는 뜻이다.

　그때 쏘아가던 두 개의 혈와각이 갈라졌다.

　하나의 혈와각은 맨 뒤 홍의인의 뒤통수를 파고들기 직전이고, 또 하나의 혈와각은 그의 귀 옆을 스쳐 지나려 하고 있다.

　단운비는 한꺼번에 다섯 개의 혈와각을 각기 다른 방향으로 쏘아낼 수 있었다.

　지금도 네 개의 혈와각을 쏘아내서 네 명의 홍의인을 한꺼번에 공격할 수 있지만, 만전을 기하기 위해서 두 개만 쏘아낸 것이다.

그 순간 단운비는 땅을 힘껏 박차면서 전력으로 앞을 향해 쏘아 나갔다.

바로 그때 하나의 혈와각이 맨 뒤 홍의인의 뒤통수로 파고들었다.

물론 일체의 소리는 나지 않았다.

"끅……."

그러나 그자의 입에서 새어나오는 신음 소리까지는 단운비로서도 어쩔 도리가 없다.

그러나 앞선 홍의인들이 돌아보기도 전에 또 하나의 혈와각이 두 번째 홍의인의 뒤통수에 쑤셔 박혔다.

"큭!"

그리고 앞의 두 명이 막 고개를 돌려 돌아보려고 할 때,

서걱!

귀신처럼 접근한 단운비의 풍우백인이 세 번째 홍의인의 목을 단번에 잘랐다.

암습에서는 구태여 초식 같은 것은 필요하지 않다. 단지 기척없이 접근하여 빠르게 숨통을 끊으면 된다.

세 번째 홍의인까지 죽이고 나자 단운비는 자신의 실력에 대한 자신감이 생겼다.

맨 앞의 네 번째 홍의인은 조장(組長)이라서 다른 세 명과는 조금 달랐다.

뒤에서 흘러나온 신음 소리를 듣는 순간 뭔가 심상치 않음

을 감지하고 오른손으로 어깨의 검을 뽑는 것과 동시에 번개같이 몸을 돌렸다.

그러나 그는 자신의 반 장 앞까지 득달같이 쇄도하며 단검을 베어오는 단운비를 찰나지간 보았을 뿐이다.

오죽하면 얼굴에 놀라는 표정을 떠올릴 새도 없었다.

사각!

그다음은 다른 세 명의 홍의인처럼 죽음을 맞이했다. 풍우백인이 그의 목을 뎅겅 잘라 버렸다.

쿠쿠쿵!

단운비가 네 명을 죽이고 우뚝 멈춰 서자 그제야 맨 뒤의 홍의인부터 차례로 쓰러졌다.

그들 중 앞의 두 명은 머리가 몸에서 분리되어 허공으로 둥실 떠오르며 목에서 핏물이 분수처럼 뿜어졌다.

단운비는 목이 잘라져서 죽은 두 명의 홍의인 시체와 수급을 숲 속으로 옮긴 후에 다시 강둑으로 나와 혈와각에 죽은 두 명에게 다가갔다.

그런데 그 두 명의 얼굴을 보는 순간 단운비는 흠칫 가볍게 표정이 변했다.

그들의 얼굴색이 푸르스름하게 변했기 때문이다. 그것은 누가 봐도 독에 중독되어 죽은 모습이 분명했다.

단운비는 슬쩍 얼굴을 찌푸렸다. 홍의인 두 명은 방금 자신이 죽였는데 독에 중독되다니 얼른 이해가 되지 않는 일이다.

그는 독을 사용한 적이 없을뿐더러 독에 대해서도 전혀 모른다.

그러나 점점 더 푸른색으로 변하는 홍의인의 얼굴을 응시하면서 잠시 생각에 잠겼던 그는 이윽고 한 가지 가능성을 생각해 냈다.

'혈와각인가?'

이들 두 명은 혈와각에 찔려 죽었다. 그러므로 그렇게 생각할 수밖에 없다.

혈와각은 그들의 뒤통수에 손가락 한 마디 정도만 남긴 채 깊숙이 꽂혀 있었다.

중독되지 않더라도 그 부위는 사혈이기 때문에 찔리는 즉시 죽음을 면치 못한다.

어쨌든 한 가지 의문을 품은 채 단운비는 나머지 두 구의 시체도 숲 속으로 옮겼다.

이후 혈와각에 찔려서 죽은 두 명 중 자신과 체구가 비슷한 자의 옷을 벗겨서 입었다.

그리고는 그자의 검을 풀어 왼손에 쥐고 오른손으로 검을 뽑았다.

스웅!

생소한 음향이 흐르면서 검이 뽑혔다. 석 자 다섯 치 정도 길이의 검이다.

단운비는 검을 처음 만져 보고 또 뽑아봤다. 아미파의 절학인 난파풍십이검을 더 이상 오를 수 없을 정도로 완벽하게 연마했으면서도 검은 처음 잡아본다. 나뭇가지와 검은 사뭇 다른 느낌이다.

잘 벼려진 날을 보자 한소진을 데려간 자들, 단운비 자신을 납치해서 이곳에 내버린 자들에 대한 살심이 뭉클뭉클 샘물처럼 솟구쳤다.

그는 검을 주시하다가 자신의 오른쪽 어깨에 메고 끈을 단단하게 묶었다.

이어서 네 명의 옷을 다 뒤져서 지니고 있는 물건들을 바닥에 늘어놓았다.

이백 냥 정도의 은자와 하나의 둥근 패(牌), 방수가 되는 가죽주머니에 들어 있는 건육과 벽곡단, 그리고 잡다한 잡동사니들이다.

단운비는 두 개의 가죽주머니에 들어 있는 건육과 벽곡단을 버리고 그중 하나에 은자 이백 냥을 담고 다른 하나에는 지니고 있는 혈와각 십여 개를 담았다. 이어서 그것들을 품속 양쪽 가슴에 단단히 찼다.

스으으.

그때 이상한 소리가 들려서 쳐다보니 혈와각에 찔려서 죽은 두 구의 시체가 흐물흐물해져서 녹고 있었다.

그러더니 그가 지켜보고 있는 사이에 두 구의 시체는 완전히 녹아서 한 움큼의 검붉은 액체가 되었고, 그나마도 잠시 후에는 땅속으로 스며들었다.

그 광경을 지켜보던 그는 한 가지 사실을 깨달았다. 뿔개구리 혈와가 독을 갖고 있다는 것이다.

그리고 자신이 그 독에 중독되지 않은 까닭은 귀별금보의 백혈을 먼저 먹었기 때문이다.

만약 순서가 바뀌었다면 그는 오래전에 혈와의 독에 중독되어 죽었을 것이다.

그러나 안도하는 마음 같은 것은 들지 않았다. 그는 더 이상 살고 죽는 것에 별다른 미련을 갖고 있지 않다.

몽환포영(夢幻泡影)이라, 원래 인생이라는 것이 꿈과 허깨비, 그리고 거품과 그림자 같은 것이 아닌가.

그는 목이 잘린 두 구의 시체와 옷 따위를 무성한 덩굴 속에 감춰두고는, 다시 강둑으로 나와 땅에 흘린 핏자국과 다른 흔적들을 말끔하게 없앴다.

이후 즉시 그곳을 떠나 수중 동굴로 향했다.

단운비는 수중 동굴 바닥에 죽어 있는 다섯 구의 시체를 모두 진흙 벽 속에 깊숙이 쑤셔 박았다.

삼백여 개의 혈와각은 이미 가죽주머니에 넣었다. 그리고 그동안 말려둔 귀별금보의 껍데기가 백여 개 정도 있는데, 그것은 은자가 담긴 가죽주머니에 담았다.

귀별금보의 껍데기를 곱게 빻거나 갈아서 그 분말을 상처에 바르면 즉효라는 것을 단운비는 그동안의 경험으로 터득하게 되었다.

말린 귀별금보의 껍데기 하나는 마치 종잇장처럼 얇은데, 희한하게도 그것을 가루로 만들면 양이 많아진다.

이곳에서 가져갈 것은 그것뿐이다.

일 년 넘게 살아온 곳이고, 한소진과 함께 아홉 달 동안 오순도순 살면서 많은 추억이 깃든 보금자리인데도 막상 떠나려니까 가져갈 것이라곤 혈와각 삼백여 개와 귀별금보의 말린 껍데기 백여 개뿐이었다.

하지만 형체를 지니지 않은 더 큰 것이 이곳에 남아 있다.

지난 일 년 동안 지내면서 겪었던 절망과 분노가 곳곳에 짙게 배어 있다.

그리고 한소진을 만난 이후 다시 찾게 된 희망과 웃음, 그녀와의 정다웠던 행복의 흔적이 동굴 곳곳에 뚜렷하게 새겨져 있다.

구석에 보잘것없는 침상이 하나 덜렁 놓여 있는 것이 전부지만, 단운비의 눈에는 이곳이 최고로 포근한 보금자리로 보였다.

앞으로 죽을 때까지 살더라도 이보다 더 좋은 방을 갖기는 어려울 것이다.

이윽고 그는 마지막으로 동굴 내를 한 바퀴 천천히 돌아보고는 연못으로 들어갔다.

이곳을 떠나고 나면 두 번 다시 돌아오지 않을 생각이다. 아니, 돌아오고 싶어도 이미 발각된 곳이기 때문에 그럴 수가 없다.

강에서 나온 단운비는 근처 숲 속으로 들어가 풀숲에 감춰 두었던 옷을 꺼내서 입고 검을 어깨에 멨다.

풍우백인과 혈와각이 담긴 가죽주머니를 품속에 잘 갈무리하고 하나의 패를 꺼내 들었다.

그것은 네 명의 홍의인 중 맨 앞에서 달리던 자의 품속에서 꺼낸 것인데 필요할지 몰라서 챙겨두었다.

패는 얄팍한 두께에 손바닥 절반 정도 크기이며, 붉은 용, 즉 혈룡(血龍) 한 마리와 세로로 사조장(四組長)이라는 글씨가 돌출되어 새겨져 있었다.

그로 미루어 패를 갖고 있던 홍의인은 혈룡사조장의 신분인 듯했다.

단운비는 패를 품속에 넣으면서 다시 강둑으로 걸어갔다.

그러다가 막 숲을 벗어나려던 그는 뚝 걸음을 멈추고 즉시 그 자리에 웅크려 앉았다.

강 하류 쪽에서 한 무리의 사람들이 강둑 위를 달려오는 광경을 발견했기 때문이다.

하마터면 그대로 강둑으로 걸어나갈 뻔했다. 그랬더라면 낭패를 면치 못했을 것이다.

그는 무성한 덩굴 뒤에 몸을 숨기고 호흡을 멈춘 채 한쪽 눈만 내밀어 조심스레 숲 밖을 쳐다보았다.

달려오고 있는 자들은 모두 열 명이고, 흑의 경장을 입었을 뿐이며, 다른 행색은 먼저의 홍의인들과 같았다.

홍의인들이 '혈룡'이면 아마 흑의인들은 '흑룡'일 것이다.

단운비는 혹시 흑의인들이 죽은 네 명의 홍의인을 찾으러 왔거나 수중 동굴로 가려는 것이 아닌가 생각했다.

오래지 않아서 열 명의 흑의인들은 단운비가 숨어 있는 곳 바로 앞쪽 강둑을 빠른 속도로 지나갔다. 그와의 거리는 채 이 장도 되지 않을 정도로 가까웠다.

그런데 그들은 한시도 쉬지 않고 무엇을 찾는 듯 주위를 두리번거리면서 살피는 모습이었다.

또한 그들은 수중 동굴이 있는 곳을 그냥 지나쳐서 단운비의 시야에서 점차 멀어져 갔다.

그로 미루어 그들은 홍의인을 찾는 것도, 수중 동굴로 가려는 것도 아닌 듯했다.

단운비는 어쩌면 그들이 찾고 있는 것이 자신일지도 모른다는 생각이 들었다.

그런 줄도 모르고 섬에 아무도 없는 양 활개치고 다녔으니 하마터면 거선에 가보지도 못할 뻔했다.

이후 단운비는 최대한 몸을 드러내지 않은 상태에서 숲이나 산속만을 골라 바닷가로 향했다.

그러다가 울창하고 깊은 산속의 어느 골짜기에 이르러 잠시 걸음을 멈추었다.

그가 내려다보는 골짜기 바닥에는 셀 수도 없을 정도로 많은 독물들이 우글거리고 있었다.

츠츠츠, 스스스스…….

주종을 이루는 것이 각양각색의 뱀들이고, 그 밖에 지네, 전갈, 거미 등 수십 종류 독물들이었다.

그것들은 서로 뒤엉켜서 잡아먹고 잡아먹히면서 괴이한 음향과 악취를 풍겨내고 있었다.

쳐다보고 싶지도 않은 광경이지만 단운비는 무덤덤한 얼굴로 굽어보았다.

그는 골짜기의 좌우를 살펴보았다. 그런데 그 끝이 보이지 않을 정도로 길었다. 돌아서 가려면 많은 시간을 허비해야 할 것 같았다.

그는 아까 혈와각에 찔린 홍의인이 독에 중독되어 한 줌의 혈수로 녹는 광경을 보고는, 자신이 귀별금보의 백혈을 먹었기 때문에 뿔개구리 혈와의 독에 중독되지 않았을 것이라고 추측했다.

하지만 그것은 말 그대로 짐작일 뿐이지 확실한 것은 아니다.

만약 그것이 잘못된 추측이라면 이곳을 건너다가 독물에
물려서 중독되어 죽을 수도 있는 일이다.

그때 무엇을 발견했는지 그의 눈이 이채를 발했다.

우글거리는 독물들 속에서 한 마리 혈와를 발견한 것이다.
그것은 그가 수중 동굴에서 수백 마리나 잡아먹은 바로 그 혈
와가 분명했다.

그런데 그 혈와는 여태까지 그가 본 것들 중에서 가장 컸
다. 어느 정도인가 하면, 수중 동굴에서 잡은 가장 큰 혈와보
다 자그마치 세 배 이상 더 커서 마치 강아지 정도의 크기였
다.

단운비는 부쩍 호기심이 생겨 혈와를 주시했다.

혈와는 새빨갛고 긴 혀를 화살처럼 쏘아내서 주변의 독충
들을 닥치는 대로 잡아먹고 있었다.

그리고 어찌 된 일인지 혈와 주변에는 독충은 물론 심지어
뱀들까지도 얼씬거리지 않았다.

단운비는 그 이유가 혈와의 입에서 뿜어지고 있는 푸르스
름한 색의 독기(毒氣) 때문일 것이라고 짐작했다.

수중 동굴에서도 혈와는 그를 향해 푸른 독기를 뿜어냈었
는데, 그때는 그것이 독기인 줄 몰랐다.

게다가 그는 독기를 쐬거나 혈와에게 덥석 물리고도 아무
렇지 않았다.

지금 다시 생각해 봐도 그 이유는 그가 귀별금보의 백혈을

먹었기 때문이 분명하다.

그것도 한두 마리가 아닌 거의 백여 마리나 먹었으니 혈와가 아니라 그보다 지독한 독물이라고 해도 그를 중독시키지는 못할 것이다.

생각이 거기에 이르자 단운비는 즉시 움직여서 골짜기 바닥으로 내려갔다.

이것은 단순한 객기나 만용이 아니다. 자신의 상태가 어떤지 확인하는 것은 매우 중요한 일이기 때문이다.

그런데 이상한 일이 벌어졌다. 그가 골짜기 바닥에 첫발을 딛자 우글거리던 독물들이 앞 다투어 슬금슬금 사방으로 흩어지는 것이 아닌가.

그 광경을 보자 마지막까지 남아 있던 한줄기 미심쩍은 마음이 사라져 버렸다.

귀별금보의 백혈을 먹으면 비단 독에 중독되지 않을뿐더러 독물들을 물리치는 효능까지 있는 것이 분명했다.

그는 용기가 생겨서 성큼성큼 거대한 혈와를 향해 곧장 걸어갔다.

그가 골짜기에 내려선 또 다른 이유는 문득 그 혈와를 잡아야겠다고 생각했기 때문이다.

혈와 머리에 솟아난 두 개의 뿔, 즉 혈와각은 길이가 무려 한 뼘 반에 달했다. 머릿속에 박힌 것까지 치면 두 뼘에 가까운 길이라는 것이다.

그는 저 혈와의 혈와각 두 개로 무기를 만들 생각을 했다.

혈와각에 독이 들어 있다면, 그래서 그것으로 칼을 만들면 말 그대로 독각도(毒角刀)가 되는 것이다.

그는 풍우백인을 뽑아 쥐고는 곧장 거대혈와를 향해 성큼성큼 걸어갔다.

수중 동굴에서는 혈와를 맨손으로 잡아 바닥에 패대기를 쳐서 죽였으나, 이 혈와는 너무 커서 아예 준비를 단단히 하는 것이다.

그가 걸어가자 미처 피하지 못한 독충이나 뱀들이 그의 발에 밟혀 괴상한 소리를 내며 죽고 으깨어졌다.

그런데 그가 한 걸음 앞까지 다가섰는데도 거대 혈와는 도망치기는커녕 입을 벌리고 푸르스름한 독기를 뿜어내면서 작은 주먹만 한 눈을 뒤룩거렸다.

휘익!

그러더니 급기야 긴 혀를 화살처럼 쏘아내 그의 한쪽 다리를 감아버렸다.

삭!

단운비는 지체없이 풍우백인을 휘둘러서 혀를 싹둑 잘라버리고 혈와에게 바싹 다가갔다.

그런데도 혈와는 도망치지 않고 오히려 펄쩍 뛰어올라 그의 팔을 물어왔다. 커다란 덩치에 비해서 매우 날렵한 움직임이다.

칵!

꾸엑!

순간 흰빛이 허공에서 번뜩이더니 풍우백인이 혈와의 머리 두 개의 뿔 사이에 손잡이만 남긴 채 깊숙이 쑤셔 박혔다.

이어서 버둥거리는 혈와를 바닥에 내려놓고 사타구니까지 길게 두 동강을 내버렸다.

쑥!

혈와 대가리에서 두 개의 혈와각을 뽑아보니 예상했던 것보다 더 긴, 두 뼘 하고도 서너 치 정도의 길이다.

그는 두 개의 혈와각을 한 손에 쥐고, 다른 손으로는 피를 뚝뚝 흘리는 죽은 혈와를 쥐고는 유유히 골짜기를 건너기 시작했다.

그때 문득 그의 눈에 무엇인가 띄었다. 그것은 온몸이 피를 뒤집어쓴 듯한 새빨간 한 마리 뱀, 즉 혈사(血蛇)였다.

팔뚝 두 배 정도 굵기에 길이가 일 장에 이르는 매우 큰 거망(巨蟒)이다.

그는 즉시 혈사에게 빠르게 다가갔다. 혈사 역시 도망치지 않고 똬리를 튼 채 몸뚱이 색깔하고는 다른 새하얀 혓바닥을 날름거렸다.

인간이든 짐승이든 제가 강한 줄 아는 것들이 겁이 없는 것은 공통적인 모양이다.

쉬익!

순간 혈사가 번쩍 몸을 날려 마치 하늘을 나는 비사(飛蛇)처럼 단운비에게 쏘아왔다.

지난 일 년 동안 밤낮 무공을 연마한 단운비가 한낱 혈사보다 느릴 리가 없다.

휘익!

깡!

그런데 풍우백인으로 정확하게 혈사의 머리 한복판을 노리고 힘껏 찍었는데 검첨이 튕겨나고 말았다.

그 바람에 혈사도 튕겨져서 바닥에 떨어졌다. 그러나 그 즉시 다시 몸을 날려 단운비를 물어왔다.

단운비는 '이것 봐라?' 하는 표정을 지었다. 처음에 혈사를 발견하고는 쓸모가 있어서 잡으려고 했는데, 풍우백인이 튕겨지는 것을 보고는 쓸모가 하나 더 늘었다.

쉬이!

단운비는 자신을 향해 곧장 덮쳐 오는 혈사를 향해 망설이지 않고 왼팔을 내밀었다. 귀별금보의 백혈을 믿지 않으면 취할 수 없는 행동이다.

콱!

입을 쩍 벌리고 쏘아온 혈사가 힘껏 그의 팔뚝을 깨물었다.

순간 기다리고 있던 단운비는 팔을 뒤집어 혈사의 아래쪽이 드러나게 하고는 풍우백인으로 아가리 아래쪽을 있는 힘껏 찔렀다.

푹!

그의 생각이 적중했다. 무릇 모든 짐승은 턱 아래쪽이 제일 취약한 부위다. 혈사도 예외는 아니었다.

그는 혈사의 아가리를 활짝 벌려서 찢고는 자신의 팔을 빼낸 후 혈사를 바닥에 뒤집어놓고는 몸통 아래쪽으로 깊고 길게 그어 내렸다.

혈사는 턱에서 배를 지나 꼬리까지는 모두 흰색이다. 흰 부위는 풍우백인이 거침없이 갈랐다.

거의 꼬리까지 갈라서 내장이 쏟아져 나온 후에도 혈사는 한동안 꿈틀거리다가 이윽고 축 늘어졌다.

단운비는 혈사와 혈와까지 모아 들고는 골짜기를 건너 맞은편 언덕 중턱에 도착했다.

그는 아까 잡은 두 마리 귀별금보의 백혈만 빨아 먹은 상태라서 몹시 허기가 져 있었기 때문에 죽은 혈와를 내장 한 토막 남기지 않고 깨끗이 씹어 먹었다.

이어서 혈사의 몸뚱이를 해체하여 껍질을 벗겨서 둘둘 말아 쥐고 그곳을 떠났다.

第二十三章
거선(巨船) 독천(獨天)

풍림화산

단운비는 바닷가 바위 군락 사이의 아늑하고 은밀한 곳을
찾아서 숨어들었다.

그곳에서 어두워질 때까지 기다리면서 휴식을 취하는 한
편 가지고 온 거대한 혈와에게서 얻은 혈와각과 혈사의 껍질
을 다듬었다.

혈와각은 되도록 길이는 보존하면서 한쪽에 날을 세우고
손잡이도 만들어서 도의 형태로 깎았다.

풍우백인의 길이가 한 자 정도인데, 혈와각, 아니, 한 쌍의
독각도는 그보다 반 자나 더 길어서 무기로 사용하는 데 부족
함이 없을 듯했다.

또한 그는 혈사의 껍질을 깨끗이 다듬은 후 엄지손톱 크기의 비늘을 두 개 건너 하나씩 떼어냈다.

그리고는 그것을 몸에 둘러보니까 배와 가슴을 두 바퀴를 감고도 남았다.

한소진은 가문의 보검인 풍우백인이 금석(金石)을 두부처럼 자르는 명검이라고 자랑했고, 단운비는 그것을 여러 번 사용해 봐서 잘 알고 있었다.

그런 풍우백인으로도 잘라지지 않고 뚫리지 않는 혈사의 껍질, 즉 혈사피(血蛇皮)를 몸에 두르고 있으면 철갑(鐵甲)을 두른 효과를 발휘할 수 있을 것이다.

원래 그는 처음에 혈사를 발견했을 때 껍질을 벗겨서 비늘을 떼어내어 그곳에 혈와각을 꽂고는 몸에 두르고 다니면 암기대(暗器帶)로써 좋을 것이라고 생각했었다.

그런데 풍우백인이 튕겨지는 것을 보고는 혈사의 껍질을 벗겨서 몸에 두르면 좋겠다는 생각을 더불어 하게 되었다.

혈사피에 혈와각을 꽂으니까 정확하게 삼백아홉 개를 다 꽂고도 자리가 남았다.

그는 상의를 벗고 혈사피를 몸에 꼭 맞게 두른 후 끝이 풀리지 않도록 혈와각 하나를 찔러 단단히 고정시켰다.

이어서 정성껏 깎아서 만든 독각도 두 자루를 혈사피의 양쪽 옆구리에 꽂았다.

그곳은 독각도의 크기 때문에 비늘 두 개를 한꺼번에 뜯어

내야만 했다.

가슴과 배 위에 혈사피를 두르고, 그곳에 혈와각 삼백아홉 개를 빽빽하게 꽂고 한 쌍의 독각도까지 꽂았는데도 별로 불편하지 않았다.

그리고 그 위에 옷을 입으니까 겉으로 보기에는 감쪽같았다. 그가 원래 호리호리하게 마른 체구라서 옷이 좀 헐렁한 덕분이었다.

이어서 그는 바다를 향해 정좌를 하고 앉아 바위 틈새로 거선을 주시했다.

그러면서 저 거선의 어디쯤 한소진이 감금되어 있을 것인지를 생각해 보았다.

어두워지려면 아직 한 시진 정도 남았으나 운공조식은 하지 않았다.

운공조식을 하고 있는 사이에 누군가 공격한다면 꼼짝없이 당하고 말 것이기 때문이다.

그는 무작정 거선에 잠입하려는 것이 아니다. 나름대로 계획을 세워두었다.

홍의인의 옷, 즉 혈룡검수의 옷을 입었으니까 최대한 혈룡검수처럼 행동하면서 한소진이 있는 곳을 알아내고, 이후에 그녀를 구해서 거선을 탈출할 생각이다.

단운비는 어려서부터 가끔 배를 타고 여행을 다녔기 때문에 배의 구조에 대해서는 웬만큼 알고 있었다.

또한 저 정도 큰 거선이라면 작은 배를 여러 척 배에 싣고 있다는 사실도 알고 있었다.

그래서 한소진을 구한 후 작은 배를 바다에 띄워서 그것을 타고 탈출할 계획이었다.

일단 탈출을 하고 나면 이 지옥 같은 섬에는 절대 돌아오지 않을 것이다.

설혹 돌아오고 싶더라도 그럴 수가 없다. 이 섬에 갇히면 꼼짝없이 독 안에 든 쥐 신세가 돼버리고 만다.

그러므로 살기 위해서라도 최대한 이 섬과 거선에서 멀어져야만 할 것이다.

때마침 그믐이라서 사위는 칠흑처럼 어두웠다.

하지만 단운비에게는 바다 한가운데 떠 있는 거선이 대낮에 보는 것이나 다름이 없다.

그가 이 지옥 같은 섬에서 만난 행운이 두 가지라면, 그중 첫 번째가 한소진이고, 두 번째가 귀별금보다. 귀별금보의 백혈이 아니었으면 지금의 그도 없을 것이다.

그는 옷을 벗어 최대한 작게 개서 머리 꼭대기에 얹고 끈으로 턱 아래로 동여 묶었다.

이어서 숨어 있던 바위 틈새에서 나와 바닷물 속에 스르르 몸을 담갔다.

한밤중의 바다는 별일이 없는 한 잔잔하게 마련이다. 그 바다를 단운비는 머리 꼭대기의 옷만 수면 위로 내놓은 채 물속에서 팔다리를 저으며 거선을 향해 헤엄쳐 갔다.

수중 동굴에서 일 년여 동안 생활하면서 강물 속으로만 다녔으니 헤엄이라면 물고기 버금갈 정도로 자신이 있었다.

더구나 양신대법을 전개하면 최장 다섯 시진까지 숨을 쉬지 않고도 견딜 수 있다. 그러니 거선까지 가는 것은 그리 어려운 일이 아니었다.

단운비는 섬에서 거선까지의 거리가 대략 십여 리라고 계산했었다.

그런데 계산 착오였다. 그는 이미 한 시진째 헤엄을 치고 있는데 거선은 아직도 까마득한 곳에 있었다.

그래서 그는 깨달았다. 거선이 워낙 크기 때문에 거리를 잘못 계산했다는 사실을.

그로부터 한 시진 반을 더 헤엄쳐서야 그는 겨우 거선의 백여 장 거리에 당도했다.

그곳에서 그는 수면 위로 눈만 살짝 내놓고 조심스럽게 거선을 쳐다보았다.

"⋯⋯!"

그는 아연실색하고 말았다. 가까이에서 거선을 처음 보는 순간 그는 자신이 바다 한가운데에 가로막혀 있는 높고 거대한 벽 앞에 있다는 착각을 느꼈다.

그것은 거선이라는 말로도 설명이 부족했다. 아예 하나의 높은 산이 바다에 솟아 있는 듯했다.

그는 원래 선천적으로 강심장이었으며, 항주성의 거지 생활과 지옥 같은 섬에서 일 년여를 벌레처럼 지내면서 무신경에 가까워졌다.

그런데 거선을 보고서는 그 어마어마한 크기에 한동안 압도당하고 말았다.

하지만 그런 기분은 오래가지 않았다. 그가 자신을 이 지경으로 만든 자들, 그리고 한소진을 끌고 간 자들에게 느끼는 오직 한 가지는 분노뿐이었다.

그는 다시 머리만 내놓은 채 거선의 후미 쪽으로 헤엄쳐 가기 시작했다.

숙—

이윽고 선미 옆쪽에 당도한 그는 손을 내밀어 배를 짚었다.

차갑고 단단한 감촉이 손바닥을 통해 전해졌다.

쇠였다. 거선은 어마어마하게 크면서도 쇠로 이루어졌다. 아니면 겉면을 철갑으로 입혔을 것이다.

위를 올려다보니 수면에서 난간까지 적게 잡아도 삼십여 장 높이는 될 듯했다.

바닷가 바위 틈새에 숨어 있을 때에는 거선에 가는 것만 생각했지 거선을 어떻게 오를 것인지에 대해서는 생각하지 않았다. 그런데 이 정도로 거대할 줄은 몰랐다.

천천히 더듬으며 살펴보았다. 조가비와 따개비, 해초 같은 것들이 다닥다닥 붙어 있었다.

워낙 단단하게 붙어 있어서 그것들을 잡으면 위로 오를 수 있을 듯했다.

그러나 위를 올려다보니 그것들은 선체 하단에만 붙어 있을 뿐이다.

잠시 생각에 잠겼던 그는 손을 위로 더 뻗어서 위쪽을 더듬어보았다.

그러자 손가락 끝에 아주 가느다란 틈이 만져졌다. 고개를 들어 그곳을 자세히 보니 철판과 철판 사이의 극히 미세한 틈이었다.

이 거대한 배 전체를 이음새가 없는 한 장짜리 철판으로 뒤덮을 수는 없을 것이라고 생각했는데 과연 맞았다.

거선의 겉면은 일정한 폭의 철판을 최대한 틈이 생기지 않게 잇대서 촘촘히 덮어씌운 것이다.

아무리 좁은 틈이라고 해도 틈만 있다면 오를 수 있다.

단운비는 한차례 크게 심호흡을 한 후 풍우백인을 꺼내 입에 물었다.

이어서 두 손을 위로 뻗어 선체에 단단하게 붙어 있는 조가비와 따개비들을 잡고 오르기 시작했다.

그러다가 더 이상 조가비와 따개비가 없는 곳에 이르자 왼손으로 버티면서 오른손으로 풍우백인을 잡고 검첨으로 철판의 틈새를 조심스럽게 긁듯이 후벼 팠다.

가각, 가각.

고요한 밤바다에 귀에 거슬리는 소리가 잔잔하게 퍼졌다.

워낙 거대한 배라서 이렇게 작은 소리는 뱃전을 두드리는 파도 소리에 묻혀 버릴 것이다.

하지만 저 위 갑판에 고강한 고수가 있다면 이 정도 소리라도 능히 감지할 터이다.

그렇다고 해도 갑판으로 오르려면 멈춰서는 안 된다.

빠각.

그때 검첨이 철판의 틈새를 비집고 약간 들어갔다.

풍우백인에 힘을 주어 바깥으로 꺾었다.

뿌득.

그러자 손가락 반 마디 정도 크기의 철판이 눕혀졌다.

단운비는 왼손 검지와 중지로 그곳을 지탱하며 몸을 쑥 끌어올린 후 다시 위쪽 철판의 틈새로 풍우백인을 가져갔다.

그로부터 한 시진 반이 지나서 단운비는 난간을 일 장 정도 남겨둔 곳까지 올랐다.

왼손 네 손가락은 찢어지고 터져서 너덜너덜해졌다.

이곳까지 올라오는 동안 구부러진 철판을 수십 번이나 손가락으로 짚고 몸을 끌어올리는 과정에서 날카로운 절단면에 찢어지고 베인 것이다.

오른손이라고 나은 형편은 아니다. 풍우백인 검첨을 철판 틈새에 꽂아 넣고 힘을 주어 틈새를 벌리느라 손아귀가 헐고 찢어져서 피가 철철 흘렀다.

그렇지만 그보다는 기력이 거의 바닥났다는 사실이 더 심각한 상황이었다.

섬의 바닷가에서 거선까지의 거리를 제대로 측정하지 못한 것처럼, 이것 역시 계산에 넣지 못한 의외의 변수였다.

더구나 거선을 기어오르는 과정에서 위로 올라올수록 더욱 조심해야 하기 때문에 힘이 배로 소모됐다.

그렇지만 지금 상황으로는 숨소리조차 낼 수가 없다. 그가 있는 곳에서 난간까지는 겨우 일 장 거리다.

그는 숨소리가 새어나가지 않도록 어금니를 악문 채 어깨만 들먹이며 호흡을 가다듬을 뿐이다.

일 장 거리를 오르려면 아직 다섯 번은 더 틈새에 칼을 꽂아 철판을 벌려야만 한다.

그는 왼손 중지와 약지를 벌어진 철판에 얹은 채 대롱대롱 매달려 있는 상태다.

손가락 끝의 피가 손과 팔뚝을 타고 흘러내려 그의 얼굴로 뚝뚝 떨어졌다.

그에게 일 갑자를 상회하는 공력이 있다고는 하지만, 이런 일에는 공력이 그다지 소용되지 않았다.

이것은 순전히 몸으로 해야만 하는 일이다. 그러면서도 공력은 공력대로 허비됐다.

그는 난간까지 일 장을 남겨둔 상황에서 반 각째 꼼짝하지 않고 매달려 있는 중이었다.

벌거벗은 하얀 몸의 그가 먹처럼 검은 배에 매달려 있는 모습은 멀리서도 금세 눈에 띌 것이다.

그러므로 누군가 소형 배를 타고 거선의 선미 쪽을 지나가거나, 난간에서 아래를 내려다본다면 그 즉시 발각되고 말 상황이다.

이것은 목숨을 내놓은 모험이다. 어차피 한소진을 구하려는 계획 자체가 모험이 아니겠는가.

이윽고 어느 정도 기력을 회복했다고 판단한 단운비는 남아 있는 공력을 왼손에 잔뜩 모았다.

앞으로 철판 틈새를 대여섯 번이나 더 파기보다는 단번에 오르려는 것이다.

남은 거리가 일 장 정도지만 전력을 다하면 단번에 도약할 수 있을 것 같았다.

순간 그는 구부러진 철판 끝을 잡고 있는 두 손가락을 전력으로 잡아당기면서 힘차게 몸을 위로 끌어올렸다.

휘익!

몸이 화살처럼 위로 솟구쳤다. 그러나 급속히 속도가 느려지더니 정지하고 말았다.

오른손을 최대한 뻗는다고 해도 난간하고는 한 자 이상 차이가 났다.

이대로 추락해 버리면 물소리 때문에 들킬지도 모른다.

다행히 발각되지 않는다고 해도 다시 기어오르는 것은 도저히 불가능하다.

몸이 허공중에 정지해 있는 짧은 순간,

휘익!

그는 오른손의 풍우백인을 철판을 향해 힘껏 찔렀다.

칵!

둔탁한 음향과 함께 풍우백인이 철판을 뚫고 서너 치 깊이로 꽂혔다.

검파를 잡은 채 대롱대롱 매달린 단운비는 추락하지 않았다는 안도감은 느끼지 못했다.

그 대신 방금 그 소리를 누가 듣지 않았는지 잔뜩 긴장해서 호흡을 멈춘 채 청각을 곤두세웠다.

그러면서 그는 자신이 얼마나 무모한 행동을 저질렀는지를 깨달았다.

하지만 무모한 행동을 하지 않으면 이 정체불명의 괴한들을 상대할 수 없다는 사실도 아울러 깨달았다.

애초부터 이놈들은 상식 밖의 인간들이니까 상식적으로 대해서는 안 된다.

단운비는 그 상태로 잠시 더 기다렸다. 만약 발각됐다면 그대로 손을 놓아 물속으로 들어가서 전력으로 헤엄쳐서 도망칠 생각이다.

그럴 경우에 풍우백인을 잃는 것은 안타까운 일이지만 어쩔 수 없는 일이었다.

그러나 다행히 그럴 일은 없을 것 같다. 열 호흡 이상이 지났는데도 위쪽 난간 너머에서는 아무런 소리도 들리지 않았다.

이윽고 그는 풍우백인을 잡은 오른팔에 힘을 주어 느릿하게 몸을 끌어올리면서 왼손을 머리 위로 최대한 길게 뻗어 난간을 거머잡았다.

이어서 풍우백인을 뽑고 느릿하게 몸을 끌어올려 극히 조심스럽게 난간 위로 눈을 내놓았다.

그런데 그의 시야를 가리는 것이 있었다. 머리를 뒤로 물러나게 한 후에 물체의 좌우를 살펴보자 그것은 한 척의 소형 쾌속선이었다.

쾌속선은 커다란 도르래 같은 기구에 단단하게 연결되었고, 위에는 방수포가 덮여 있었다. 도르래는 쾌속선을 수면에 내려주는 역할을 하는 듯했다.

과연 단운비의 예상대로 이렇게 큰 거선은 소형 배를 갖고 있었다.

그는 몸을 더 끌어올려 난간에서 한 자쯤 떨어진 위치에 있는 쾌속선의 방수포를 살짝 들추고 그 안으로 기척없이 미끄러져 들어갔다.

몹시 지쳐 있는 상태이기 때문에 일단 그 안에서 운공조식으로 공력을 회복할 생각이었다.

쾌속선은 보통 배보다 폭이 좁았고, 반면에 유선형으로 더 길었다.

배 안의 바닥 양쪽에는 두 개의 돛대가 뉘어져 있었다. 유사시에는 돛을 세워 구멍에 끼워 맞추고 운행을 하는 것일 게다.

방수포에 덮여 있는 배 안은 칠흑처럼 캄캄했으나 단운비에겐 아무런 문제가 되지 않았다.

그는 한소진을 구한 후에 이 배를 바다에 띄워 탈출해야겠다고 생각했다.

도르래를 어떻게 작동할 것인지는 그때 가서 생각하면 될 일이다. 지금은 우선 공력을 회복하는 것이 급선무다.

그는 바닥에 가부좌로 앉아서 공력이 완전히 회복될 때까지 서두르지 않고 연이어 세 차례 운공조식을 했다.

이어서 서두르지 않고 천천히 머리에 이고 온 옷을 입은 후 어깨의 장검과 두 자루의 독각도, 그리고 혈사피에 꽂혀 있는 혈와각들을 손으로 더듬어서 확인을 했다.

그리고는 심호흡을 한차례 한 후 난간 반대편 방수포를 살짝 들추고 주위를 살펴보았다.

그가 보고 있는 곳은 선미의 꽤 넓은 갑판이며 이십여 장 맞은편 난간 가에 세 척의 쾌속선이 도르래 기구에 고정된 상태로 나란히 놓여 있었다.

그로 미루어 이쪽에도 세 척의 쾌속선이 있다는 것을 짐작할 수가 있다.

넓은 갑판 왼쪽, 그러니까 거선의 선수(船首) 쪽으로 한 채의 오 층 전각이 보였다.

말 그대로 번화한 도성에서나 볼 수 있는 으리으리한 전각이다.

전각이 워낙 크고 높아서 그 뒤쪽은 아무것도 보이지 않았다. 단지 전각 입구에 두 명의 고수가 당당하게 우뚝 서 있는 모습이 보였다.

쾌속선 안에서 방수포를 들춘 상태에서 확인할 수 있는 것은 그것이 전부다.

아까 백여 장 거리에서 거선을 봤을 때 갑판에 여러 채의 거대한 전각들이 있었다. 하지만 한소진은 그 전각 중 한 곳에 있지 않을 것이다.

필경 뇌옥에 갇혀 있을 텐데, 뇌옥이라면 전각보다는 갑판 아래, 즉 선창(船廠)일 가능성이 높다.

그러므로 전각은 신경 쓰지 말고 선창으로 내려갈 수 있는 방법을 찾아야 한다.

단운비는 방수포를 내렸다. 그쪽으로 나가면 전각을 지키는 고수들에게 발각되고 말 것이다.

그는 난간 쪽 방수포를 살짝 들추고 밤고양이처럼 바닥으로 내려섰다.

이어서 난간과 나란히 놓인 세 척의 쾌속선 사이를 허리를 굽힌 채 조심스럽게 이동했다.

십오륙 장쯤 전진하다가 마지막 쾌속선 끄트머리에서 멈추고 앞쪽을 살폈다.

십여 장쯤 전면에 한 명의 고수가 난간을 등진 채 서 있고, 그곳에서 또 십여 장 거리에 또 한 명의 고수가 있다. 그런 식으로 십여 장마다 한 명씩 경계를 하고 있는 듯했다.

오른쪽으로 고개를 돌리니 조금 전에 봤던 오 층 전각의 입구가 보였다.

입구를 지키고 있는 두 명의 고수 쪽에서는 이쪽이 오른쪽이다.

아까보다는 나은 편이지만, 이대로 걸어나간다면 저들이 옆을 쳐다보는 순간 발각되고 말 것이다.

그렇다고 혈와각을 던져서 죽이는 방법은 좋지 않다. 칠팔 장 거리에 있는 그들을 정확하게 맞힌다고 장담할 수도 없을뿐더러, 설사 맞힌다고 해도 그들을 죽여서 이로울 일이 없다.

전각 입구를 지키고 있어야 할 고수들이 없어졌다면 누구라도 이상하게 생각할 테니까.

잠시 생각하던 단운비는 바닥에 납작하게 엎드려서 기어나가는 방법을 선택했다.

전각 입구에 서 있는 고수나, 십여 장 전면에 서 있는 고수의 이목을 피할 수 있는 최선의 방법이라고 생각했다.

지금 그가 해야 할 일은 갑판에 있는 자들에게 들키지 않고 선창으로 내려가는 입구를 찾는 일이다.

스슥…….

바닥에 엎드린 채 아주 천천히 꿈틀거리면서 전면으로 기어나갔다.

그렇지만 배와 가슴이 바닥에 밀착된 상태로 기어가면 독각도와 혈와각이 바닥에 마찰되면서 소리가 날 테니까 최소한 상체를 바닥에서 뗀 채 기어야 한다.

부지런히 기면서도 쉬지 않고 전각 입구의 고수와 전면의 고수를 살폈다.

여차하면 혈각비를 전개하려고 양손에 각기 두 개씩의 혈와각을 쥐고 있다.

다행히 사 장쯤 기어가자 오른쪽 전각 입구가 시야에서 사라지고 그 대신 전각의 옆면이 나타났다.

이제는 오른쪽을 신경 쓰지 않아도 되지만, 전면의 고수와 오륙 장 거리로 가까워졌기 때문에 위험이 사라진 것은 아니다.

단운비는 미리 생각해 뒀던 대로 난간에 바짝 붙어 슬그머니 일어섰다.

이어서 괴춤을 내리고 난간 아래에 소변을 보는 시늉을 하면서 일부러 약간의 기척을 냈다.

"으… 지독하게 어지럽군."

그러면서 슬쩍 쳐다보니 경계를 서던 고수가 그제야 이쪽을 쳐다보며 가볍게 놀라는 표정을 짓는다.

단운비는 짐짓 모른 척하면서 오줌을 다 눈 것처럼 괴춤을 올리며 몸을 부르르 떨었다.

지금 이 상황은 그가 바닷가를 떠난 이후에 부딪치는 가장 큰 모험이다. 통하느냐, 안 통하느냐에 사활이 걸렸다.

"뭐냐?"

그때 고수가 눈을 부라리며 위협적으로 물었다.

단운비는 술이 많이 취한 듯 비틀거리면서 게슴츠레한 눈으로 고수를 쳐다보았다.

"어… 딸꾹! 오줌 눈 거잖아."

그러면서 혈와각을 쥐고 있는 왼손에 지그시 힘을 주었다.

"독천(獨天)에 있는 동안 술을 금지한다는 삼천존의 엄명을 잊다니, 죽고 싶은 것이냐?"

단운비의 귀에 '독천' 과 '삼천존' 이라는 말이 꽂혔다.

'독천' 은 이 거선을 가리키는 것이고, '삼천존' 은 우두머리인 듯했다.

하지만 '삼천존' 이라는 자가 독천의 최고 우두머리인지는 아직 알 수 없다.

단운비는 조금 더 비틀거리면서 고수에게 다가가며 혀 꼬

부라진 소리로 중얼거렸다.

"끄윽… 삼천존보다 높은 분이 마시라고 했다면 어쩔 테냐? 딸꾹."

"미친놈. 삼천존보다 높은 분이라면 설마 본 회의 최고 신분이신 대천존과 이천존을 말하는 것이냐?"

"그… 분들보다 더 높은 분이다."

그러면서 단운비는 고수의 두 걸음 거리에서 멈추고는 난간을 붙잡고 몸을 지탱하는 체했다.

너무 가까이 다가가면 술 냄새가 풍기지 않는 것을 들키게 될 것이다.

고수는 황의 경장에 검은색 동의(胴衣:조끼)를 입었으며, 가죽 허리띠와 역시 가죽으로 만든 어깨띠를 둘렀다. 또한 비단으로 만든 작은 모자를 썼으며, 어깨의 검 외에 왼쪽 허리에 근사한 소도(小刀)를 찼다.

단운비가 여태까지 본 홍의인이나 흑의인보다 훨씬 세련된 모습이었다.

"이놈, 술이 많이 취했군? 본 회(本會)에서 대천오존(大天五尊)보다 윗분이 어디 계시다고 헛소리냐?"

단운비가 힐끗 쳐다보니까 저쪽 십여 장 거리의 고수가 이쪽을 쳐다보고 있다.

"너… 잘 모르는구나? 우리 직속 상전이 삼천존보다 더 높다… 끄윽."

“너희 혈룡당주가 삼천존보다 높다고?”

고수의 얼굴에 ‘이놈, 취해도 더럽게 취했구나?’라는 표정
이 역력하게 떠올랐다.

“헤에… 그렇지. 나한테는 혈룡당주가 곧 하늘이니까.”

단운비는 고수의 말에 자신이 입고 있는 옷이 혈룡당 졸개
의 것이며, 직속 상전이 혈룡당주라는 사실을 알아냈다.

단운비의 술주정 헛소리에 고수는 더 이상 상대할 가치가
없다고 여겼는지 한쪽 방향을 가리키며 조금 엄한 목소리로
꾸짖었다.

“용전(龍殿) 휘하 오룡당(五龍堂) 수하들은 허락없이 갑판
에 올라오는 것만으로 중벌을 면치 못한다. 이번만은 눈감아
줄 테니 썩 내려가라.”

“어어… 알았다구……. 알았어. 가면 되잖아.”

단운비는 고수가 어딜 가리키는지도 모른 채 일단 그가 가
리킨 방향으로 비틀거리면서 걸어갔다.

“이봐, 그런데 술은 하취방(下炊房)에서 구한 것이냐?”

“어… 그래. 하취방.”

뒤에서 들리는 말에 단운비는 손을 들어 흔들며 계속 걸음
을 옮기면서 전면을 살펴보았다.

만약 그곳에 선창으로 통하는 길이 없다면, 그래서 그가 우
왕좌왕한다면 뒤에서 지켜보고 있는 고수가 의심을 하게 될
것이다.

그때 단운비의 시선이 한곳으로 향했다. 그곳은 조금 전에 본 전각의 뒤쪽인데, 조그만 쪽문 같은 것이 있었다.

얼핏 보면 전각으로 들어가는 별도의 출입구 같았으나 일단 그곳으로 걸어갔다.

그가 쪽문을 열려고 할 때 난간 가의 고수가 불쑥 물었다.

"어이, 하취방 누구에게 술을 구했지?"

이곳에서 술을 마시는 것은 금지하고 있다면서도 절대금주는 아닌 듯했다.

척!

그러나 단운비는 대답하지 않고 쪽문을 열고 서슴없이 안으로 들어가 등 뒤의 문을 닫았다.

第二十四章

적진(敵陣) 속에서

풍림화산

　쪽문 안은 아래로 뻗은 계단만 있는 작은 공간이고 매우 어두웠다.

　쪽문이 전각 뒤에 붙어 있기는 하지만 전각하고는 아무런 상관이 없었다.

　계단 아래에서 흐릿한 불빛이 보였다. 하지만 인기척은 감지되지 않았다.

　그는 조심스럽게 계단을 내려가면서 아래를 뚫어지게 주시하며 청력을 최대한 돋우었다.

　삐걱, 끼긱.

　그때 발아래에서 나무 계단이 작은 비명을 지르자 그는 뚝 걸음을 멈췄다.

공력을 사용해서 체중을 가볍게 하여 소리가 나지 않도록 할까 하고 순간적으로 생각했으나 그러지 않기로 했다.

만약 아래쪽에 누가 있다면, 사람이 계단을 내려오는데 어째서 소리가 나지 않는지 이상하게 생각할 수도 있다.

삐거걱, 삐걱.

다시 걸음을 옮기기 시작하자 어김없이 계단도 따라서 비명을 질렀다.

이십 개 정도의 계단을 내려가서 바닥에 이르자 재빨리 주위를 살펴보았다.

계단 위하고는 달리 그곳은 꽤 밝았다.

오른쪽으로는 일 장 폭의 복도가 곧고도 길게 뻗어 있으며, 양쪽 벽에는 일정한 간격마다 유등이 걸려 있어서 밝았다.

그리고 그가 서 있는 곳에서 왼쪽은 막혔고, 일 장 앞쪽 복도 건너편은 아래로 내려가는 계단이 이어져 있다.

그러니까 그가 내려온 출입구가 거선 독천의 선미 가장 뒤쪽이며 왼쪽이라는 것이다.

오른쪽으로 뻗은 복도의 양쪽에는 일 장마다 문이 있다. 일견하기에도 그곳은 선실이며 숙소인 듯했다.

배에 있는 선실이 일 장 폭이라면 작지 않은 방이다. 그로 미루어 졸개들의 숙소는 아닌 듯했다.

또한 복도의 십 장 간격마다 뒤쪽과 앞쪽에 계단이 있다.

뒤쪽은 선미로 올라가는 곳이고, 앞쪽은 선창 이층으로 내려가는 통로다.

사람은 한 명도 보이지 않았으며, 각 선실 안에서 코를 골거나 가볍게 뒤척이는 소리가 들려왔다.

자정이 넘은 시각이니까 최소한의 경계를 서는 자만 남겨두고 모두 자고 있을 것이다.

섬에서 삼십여 리 이상이나 떨어진 바다 한복판에 떠 있는 거선까지 누군가 헤엄쳐 와서 잠입하리라고는 아무도 예상하지 못할 터이다.

파악이 끝난 단운비는 즉시 복도 건너 아래로 뻗은 계단으로 달려 내려갔다.

거기서부터는 경공을 전개하여 한 층을 더 내려가서 선창 이층에 내려섰다. 그곳도 일층과 대동소이한 광경이었다.

놈들이 한소진을 끌고 와서 선실 같은 곳에 감금하지는 않았을 것이다.

단운비가 찾는 것은 뭔가 평범하게 보이지 않은 곳, 구체적으로는 뇌옥 같은 장소다.

그는 다시 삼층을 향해 바람처럼 몸을 날렸다.

수면에서 갑판까지 높이가 삼십여 장이고 선창 일층의 높이가 일 장 내외니까, 거선 맨 아래 몇 장 높이를 제외하더라도 최소한 선창이 이십여 층 이상으로 이루어졌을 것이라는 계산이 나온다.

휘익!

단운비는 잠깐 사이에 칠층까지 내려왔다. 일층부터 거기까지 각 층의 풍경은 거의 비슷했다. 뇌옥이라고 의심할 만한 곳은 눈에 띄지 않았다.

이십 층이라면 아직 십삼 층이나 남았다. 입장을 바꿔놓고 생각해서, 단운비라고 해도 애써 잡아온 한소진을 되도록 아래쪽에 감금해 둘 것 같았다.

'십이층.'

속으로 층을 세면서 막 복도를 가로질러 십삼 층째의 계단으로 달려 내려가던 단운비의 귓전을 흔드는 낮은 외침이 있었다.

"어이, 너 뭐냐?"

단운비가 방금 지나친 십이층 오른쪽 복도에서 난 소리다.

그가 지나칠 때는 아무도 없었다. 아마 누가 방에서 나오다가 그의 뒷모습을 발견한 모양이다.

단운비는 계단에서 즉시 멈추고는 다시 위로 기척없이 몇 계단 올라가면서 품속에서 독각도를 꺼내 오른손에 움켜잡았다.

방금 소리친 자는 단운비를 침입자라고 생각하지는 않을 것이다.

단운비가 꼭대기까지 두 계단 남겨둔 곳에 멈추었을 때 왼쪽 복도에서 검은 인영 하나가 불쑥 나타났다.

역시 완전히 무방비 상태다.

"누가 이런 밤중에 돌아다니⋯⋯."

쉬익!

이미 만반의 준비를 하고 있던 단운비의 독각도가 허공을 갈랐다.

나타난 검은 인영은 흑의 경장을 입은 고수, 즉 흑룡검수였다. 그는 느닷없이 누군가 덮쳐 오자 움찔 놀라 뒤로 주춤 물러나려고 했다.

콱!

하지만 흑룡검수가 행동을 취하기도 전에 독각도는 정확하게 그의 귀 바로 아래를 깊숙이 찍었다.

흑룡검수는 비명은커녕 신음조차 내뱉지 못했다. 단운비가 귀밑을 찌르는 것과 동시에 바짝 다가서며 왼손으로 입을 틀어막았기 때문이다.

흑룡검수의 두 눈이 한껏 부릅떠진 채 동공이 마구 흔들리며 단운비를 쳐다보았다.

단운비가 이글거리는 눈빛으로 쏘아보는 가운데 흑룡검수의 눈에서 생명의 빛이 사라져 가고 있었다.

단운비로서는 흑룡검수를 죽이는 것밖에는 선택의 여지가 없었다.

또한 그것이 가장 간명한 방법이라고 판단했다. 흑룡검수에게 또다시 술에 취한 체한다거나 다른 구차스러운 방법으로 위기를 모면하는 것이 이번에도 먹힐 것 같지 않았고, 그러기도 싫었다.

단운비가 쓰러지지 않도록 독각도를 찌른 오른손과 입을 틀어막은 왼손에 힘을 주고 있는 사이에 흑룡검수는 몇 차례 몸을 푸들푸들 떨다가 이내 축 늘어졌다.

단운비가 살펴보니 복도 왼쪽 두 번째 방문이 반쯤 열려 있었다. 흑룡검수는 그 방에서 나온 듯했다.

단운비는 흑룡검수를 끌고 그 방으로 들어가며 마치 친근한 동료에게 하듯 천연덕스럽게 중얼거렸다.

"이 친구야, 들어가서 잠이나 자게."

조금 전에 흑룡검수가 외치는 소리를 듣고 깨어났을지도 모르는 자들을 속이려는 것이다.

그런데 단운비가 방으로 들어가서 문을 닫기도 전에 흑룡검수의 단단하던 몸이 갑자기 흐물흐물해지기 시작했다.

스스스.

그러더니 마치 가죽주머니에서 바람이 빠지듯 양손에서 빠져나가려고 하자 단운비는 즉시 흑룡검수를 바닥에 눕혔다.

스르르.

그리고는 세 호흡 사이에 흑룡검수는 온데간데없이 사라지고 그 자리에는 그가 입고 있던 옷만 놓였다.

단운비가 옷을 들어보니 등 부위가 검붉게 젖었다. 건장하던 장한이 한 움큼의 혈수로 변한 것이다.

그것이 바로 거대한 혈와의 뿔로 만든 독각도의 위력이었다. 조그만 혈와각에 찔린 것보다 몇 배나 빨리 혈수로 녹아 버렸다.

힘들여서 시체를 처리하지 않아도 되니 이보다 좋은 살인 방법은 없을 것이다.

단운비는 흑룡검수의 옷을 개켜서 실내의 나무 침상 위에 놓고 즉시 방을 빠져나와 복도를 살폈다.

아무도 보이지 않고, 별다른 기척도 느껴지지 않자 그는 다시 계단으로 신형을 날렸다.

선창 십오층은 여태까지의 십사 층과 다른 광경이다.

오른쪽에 지름 십여 장의 작은 광장이 있고, 사방으로 복도가 뻗어 있으며, 복도와 복도 사이에 네 개의 문이 있었다.

단운비는 처음에 선미 가장 뒤쪽의 계단을 출발하여, 한 층을 내려올 때마다 이 장씩 앞으로 전진을 했다.

그런 식으로 십오 층을 내려왔으니까, 현재 선미에서 선수 쪽으로 삼십여 장쯤 왔으며, 거선 독천의 전체 길이가 백여 장쯤이므로 이곳이 선미로부터 삼분의 일이 되는 지점이다.

달라진 광경에 단운비는 잠시 서서 지켜보다가 오른손에 독각도를 움켜쥐고, 왼손에는 세 개의 혈와각을 쥔 채 천천히 광장 쪽으로 걸어갔다.

광장과 네 개의 방, 그리고 사방의 복도에서는 아무런 기척도 감지되지 않았다.

그는 몸을 최대한 가볍게 하여 발자국 소리를 내지 않았고, 호흡까지도 멈췄기 때문에 그에게서는 어떤 기척도 나지 않았다.

복도가 끝나고 광장이 시작되자 그는 왼쪽 나무 벽을 등진 채 빠르게 왼쪽으로 이동했다.

문 앞에 이르자 그는 최대한 조심스럽게 문을 열고 안을 들여다보았다.

실내 바닥에 여러 개의 좌대(座臺)가 있고, 벽에는 수많은 무기들이 걸려 있는 것으로 봐서 이곳은 무공을 수련하는 장소인 듯했다.

그렇다면 광장 둘레에 있는 다른 세 개의 방도 같은 용도일 것이다. 이런 곳에 한소진이 감금되어 있을 리 없다.

지금도 계속 시간은 흐르고 있다. 동이 트는 묘시(卯時:새벽 6시)까지는 세 시진밖에 남지 않았다. 그 시각이 넘으면 탈출이 어려워질 것이다.

또한 갑시(甲時:새벽 5시) 정도면 특정한 사람들이 잠에서 깨어 움직일 테니, 단운비로서는 최대 두 시진 반 정도의 시간만 남아 있을 뿐이다.

'이런 식으로는 이 넓은 곳에서 진아를 찾아내는 것은 불가능하다.'

단운비는 초조해졌다. 지금이 아니면 한소진을 구하는 것은 어려워진다.

그래서 결국 그는 극단적인 방법을 사용하기로 작정했다.

'한 놈을 잡아서 진아가 갇힌 곳을 알아내야겠다.'

위험한 방법이다. 하지만 그는 이곳에 안전하기 위해서 잠입한 것이 아니다. 안전하려면 애초에 독천에 잠입하지도 않았을 것이다.

누군가를 제압하려면 자고 있는 놈을 선택하는 것이 수월하다고 생각한 그는 위층으로 가려고 계단 쪽으로 걸음을 옮겼다.

그때 무슨 소리가 들렸다. 광장 건너편 벽 안쪽인데 날카롭게 바람을 가르는 파공음 같은 소리다.

그가 걸음을 멈추고 그쪽을 쳐다보고 있는 동안에도 파공음은 계속 이어졌다.

오래 생각하지 않아도 누군가 무공 연마를 하고 있는 것을 짐작할 수 있었다.

자정이 넘은 시각에 무공 연마라니, 누군지는 모르지만 평범한 자는 아닐 듯했다.

계단으로 가려던 단운비는 다시 몸을 돌려 파공음이 들리는 곳을 향해 광장을 가로질러 기척없이 다가갔다.

문 앞에 이르러 귀를 바짝 대고 안의 동태를 살피니 묵직한 무기가 허공을 가르는 파공음이 끊이지 않고 들려왔다.

그는 조심스럽게 문을 살짝 열고 한쪽 눈을 갖다 댔다.

"누구냐?"

순간 안쪽에서 나직한 호통이 터져 나왔다.

몰래 들어가서 무공 연마에 정신이 팔려 있는 자를 급습하려던 단운비는 움찔하며 동작이 뚝 멈추었다.

그렇지만 문을 닫고 도망칠 수는 없다. 그랬다가는 괜한 소란을 불러일으키게 될 것이다.

그는 독각도를 품속에 넣고 왼손 안에 세 개의 혈와각을 숨긴 채 문을 열고 천천히 실내로 들어섰다.

그가 제일 먼저 발견한 것은 자신을 향해 우뚝 서 있는 한 명의 흑의단삼인이었다.

키가 단운비만큼 컸으며, 체격은 훨씬 더 우람했다. 딱 벌어진 어깨에 부리부리한 눈을 지닌 삼십오륙 세 정도의 장한이다.

그는 땀을 흘리면서 수중에 들고 있던 도로 단운비를 가리키며 약간 호흡이 거칠어진 목소리로 대뜸 말했다.

"너, 이리 와서 잠시 내 비무 상대를 해라."

"누구… 십니까?"

단운비는 일부러 약간 어눌한 표정을 지으며 물었다.

그러자 흑의단삼인이 가볍게 발을 굴렀다.

"이놈, 같은 용전 휘하의 흑룡당주를 알아보지 못한단 말이냐? 얼빠진 놈이로군."

‘당주…….’

순간 단운비의 얼굴에 아차 싶은 표정이 떠올랐다가 즉시
사라졌다.

아까 갑판에서 만났던 자는 용전 휘하에 오룡당이 있다고
말했다.

그런데 지금 단운비 앞에 서 있는 인물은 자신을 ‘흑룡당
주’ 라고 말했다.

당주의 신분이라면 상당히 고강할 것이다. 반면에 졸개들
보다 더 많은 것을 알고 있을 것이다.

단운비는 상대가 고강할 것이라는 사실보다는, 많은 것을
알고 있을 것이라는 쪽에 더 강한 흥미를 느꼈다.

원래 단운비는 겁이라는 것을 모르는 성격인데, 지금 이 순
간에도 그 성격이 그대로 드러나고 있다.

그는 성큼성큼 당주를 향해 걸어가 세 걸음 앞에서 멈췄다.

흑룡당주는 단운비의 얼굴에서 발끝까지 빠르게, 그러나
날카롭게 살펴보고는 턱을 주억거렸다.

“혈룡당 이향(三香) 휘하에 너처럼 근골이 뛰어난 놈이 있
었다니 뜻밖이로군.”

단운비는 흑룡당주의 시선이 잠시 스치듯 머물렀던 자신
의 왼쪽 어깨를 힐끗 쳐다보았다.

그곳에는 ‘이(二)’ 와 ‘사(四)’ 라는 두 개의 숫자가 수놓아
져 있었다.

아마도 그것은 소속을 나타내는 것으로써, 이 옷을 입었던 자는 삼천존이 거느리고 있는 용전의 오룡당 중에서 혈룡당 이향 사조 소속인 듯했다.

단운비의 품속에서 '사조장' 이라고 새겨진 패가 있으므로 그의 현재 임시 신분은 혈룡당 이향 사조장인 셈이다.

"이름이 뭐냐?"

흑룡당주가 불쑥 물었다.

"이향 사조장 청산입니다."

단운비는 자신의 이름을 밝히지 않고 청산의 이름을 댔다.

그의 대답에 흑룡당주는 뜻밖이라는 표정을 지었다.

"호오, 어린 나이에 조장이라니, 역시 내 눈이 틀리지 않았구나."

이어서 그는 고개를 끄덕였다.

"지금부터 너는 전력을 다해서 나를 공격해라. 나는 단지 오성(五成)의 힘으로 널 상대하마."

그는 새로 배우기 시작한 도법을 밤마다 남몰래 연마하는 중인데 그것을 실전처럼 시험해 볼 상대가 필요했다.

일개 조장 수준이면 삼성 정도로 상대해도 평수(平手)를 이룰 수 있을 테지만 그는 구태여 오성을 발휘하려는 것이다.

"검을 뽑아라. 내가 공격을 시작하면 너는 검을 뽑을 기회조차 없을 것이다."

자신이 배우고 있는 새로운 도법에 대해서 자부심이 대단

한 흑룡당주가 수중의 도를 치켜들어 기수식의 자세를 취하면서 말했다.

스룽!

단운비는 검을 뽑고 다리를 약간 벌린 채 자세를 취하지 않고 우뚝 섰다.

사실 그가 익힌 아미파의 절학 난파풍십이검은 기수식이 따로 없다.

또한 그는 난파풍십이검을 아미파의 장로들이라고 해도 감탄할 정도로 완벽하게 익힌 상태다.

만약 공력을 사용하지 않는다는 전제하에서 아미파 장로와 싸운다면 팽팽하거나 운이 좋으면 이길 수도 있을 정도의 실력이다.

흑룡당주는 단운비가 비무를 할 자세를 취하지 않는 것을 보았으나 그것까지 지적하지는 않았다.

"간다!"

그는 짧고 나직한 외침을 터뜨리는 것과 동시에 오른쪽에서 왼쪽으로 비스듬히 맹렬하게 도를 베어왔다.

휘이잉!

도가 허공을 가르는 파공음이 묵직하게 흐르는가 싶더니 어느새 단운비의 목 한 자 거리까지 쇄도했다.

원래 도는 검보다 두 배 이상 무겁기 때문에 초식을 전개하는 데 있어서 움직임이 굼뜨다. 그래도 대다수의 무림인들이

검보다 도를 더 많이 사용하는 이유는, 위력적이라는 장점 때문이다.

찌르기 위주인 검으로는 사람의 몸을 단번에 절단하기 어렵지만, 도는 어느 부위가 됐든 거침없이 베고 자른다.

단운비는 만반의 준비를 하고 있었으나 흑룡당주의 도가 이처럼 빠를 줄은 미처 예상하지 못했다가 흠칫 가볍게 표정이 변하며 급히 뒷걸음질쳐서 아슬아슬하게 피했다.

위잉!

그러나 막 스쳐 지나간 도가 급격하게 방향을 꺾더니 이번에는 단운비의 반대쪽 목을 베어왔다.

기막힐 정도로 빠른 변화다. 가벼운 검으로도 이처럼 빠르게 방향을 전환하기는 어려울 것이다.

흑룡당주가 전개하고 있는 도법은 쾌도(快刀)고, 쾌변(快變)이었다.

위이잉!

계속되는 공격에 단운비는 뒷걸음질치고, 허리를 굽히고, 상체를 뒤로 활처럼 젖히면서 간발의 차이로 피하며 허둥거렸다.

자신을 약하게 보이기 위해서 어느 정도 과장된 동작이기는 하지만, 어느 정도는 실제다.

이것은 단운비에게 최초의 실전이라고 할 수 있었다.

예전에 항주성 혈랑파 두령 시랑하고 싸운 것은 싸움이라고 할 수 없는 드잡이였었다.

또한 어제 네 명의 홍의인들, 즉 혈룡검수들을 죽인 것과 조금 전에 흑룡검수를 죽인 것은 급습이었기 때문에 싸움이라고 할 수가 없다.

그러므로 지금 이것이야말로 단운비로서는 무공을 배운 이후 최초의 실전인 셈이다.

쉬쉬쉬이잉!

흑룡당주는 단운비가 허둥대는 것을 보고 그럴 줄 알았다는 듯이 흐릿한 미소를 지으면서 숨 쉴 틈 없이 소나기처럼 공격을 퍼부었다.

그러나 무엇이든지 처음이 어려운 법이다. 흑룡당주의 공격은 시간이 흐를수록 점점 더 거세졌으나, 반면에 단운비는 점점 그의 공격에 익숙해졌다.

하지만 단운비는 오히려 더욱 비틀거리면서 금방이라도 칼에 맞을 듯한 동작을 취했다. 흑룡당주의 허점을 찾아내기 위해서다.

"이놈아! 이렇게 약해서는 내 비무 상대가 될 수 없잖느냐? 힘을 내봐라!"

흑룡당주는 나직이 소리치면서 더욱 거센 공격을 퍼부었다.

사실 그는 십여 초가 지나도록 단운비를 제압하지 못하자 은근히 역정이 났다.

더구나 단운비가 맥을 못 추면서 곧 쓰러질 것 같으면서도 연신 공격을 피하는 것이 더 기분이 나빴다.

'이 자식!'

그래서 그는 오성으로 공격하겠다는 약속을 깨고 어느 순간부터 십성 공력을 전부 쏟아냈다.

쐐애액!

그러자 파공음부터 달라졌다. 보탠 오성의 공력은 두 배의 쾌속함과 두 배의 위력을 싣고 있었다.

'우웃!'

흑룡당주의 허점을 노리고 있던 단운비는 움찔 놀라 뒤로 연거푸 마구 물러났다.

순간 단운비에게서 여러 개의 허점을 발견한 흑룡당주의 눈이 번쩍 빛났다.

그는 발끝으로 바닥을 박차면서 쏜살같이 쏘아가며 한꺼번에 일초 삼식을 와르르 쏟아냈다.

쐐애액!

그것들은 단운비의 정수리와 목, 옆구리를 동시에 노리고 무섭게 베어왔다.

그 순간 단운비의 상체가 쓰러질 듯이 뒤로 젖혀졌다.

그 한 동작으로 흑룡당주의 일초 삼식을 모두 피해 버렸다.

하지만 흑룡당주의 눈에는 단운비가 뒤로 쓰러지면서 운 좋게 피하게 된 것처럼 보였다.

쾌액!

바닥을 박차면서 허공으로 반 장가량 솟구친 흑룡당주는
거의 등이 바닥에 닿기 직전의 단운비를 향해 무시무시하게
도를 세로로 그었다.

피하지 못하면 정수리에서부터 사타구니까지 일도양단되
고 말 것이다.

흑룡당주는 단운비의 등이 바닥에 닿으면 슬쩍 초식을 후
퇴시켜서 그의 앞섶만 벨 생각이다.

그러고 나선 '꽤 쓸 만한 실력이다. 애썼다'고 치하를 해주
는 것이다.

키이잇!

그의 도가 단운비의 정수리 위를 아슬아슬하게 스쳐 지나
갈 순간,

사아…….

단운비의 모습이 순식간에 흑룡당주의 시야에서 사라져
버리고 말았다.

"……"

단운비는 등이 바닥에 닿기 직전에 발뒤꿈치를 축으로 삼
아 빙그르르 흑룡당주의 오른쪽으로 돌아간 것이다.

흑룡당주가 뒤늦게 단운비를 발견했을 때,

타앗!

단운비는 번개같이 튀어 오르며 흑룡당주의 옆구리를 노

리고 맹렬히 검을 뻗었다.

"헛!"

흑룡당주는 다급히 헛바람을 들이켜며 허리를 비틀어서 겨우 피했다.

불과 반 장의 거리이며, 단운비의 급습이 몹시 빨랐는데도 피한 것을 보면 그는 과연 당주다웠다.

그러나 그는 이미 자세가 허물어졌으며 단운비에게 선수를 뺏긴 상태다.

흑룡당주는 자신의 공격에 꼼짝하지 못하고 당할 것이라고 확신했던 단운비가 가볍게 피하고 또 느닷없이 급습을 가하자 적잖이 당황했다.

더구나 방금 단운비가 전개한 솜씨는 결코 일개 조장의 솜씨가 아니었다.

싸움에서 확신과 자신감이 무너지는 것은 치명적이다. 게다가 놀라움과 불신까지 겹쳐지면 마음먹은 대로 손발이 따라주지 않게 된다.

흑룡당주의 놀라움은 시작에 불과했다.

슈슈슈슉!

돌연 단운비의 검에서 난파풍십이검의 제팔검이 폭발하듯이 펼쳐졌다.

난파풍십이검은 후반으로 갈수록 빠르고 강하다. 그러므로 제팔검은 열두 개의 초식 중에서 다섯 번째로 위력적이라는 뜻이다.

흑룡당주가 미처 정신을 차릴 새도 없이 단운비의 검이 한 꺼번에 상체 다섯 군데 급소를 찔러왔다.

그는 너무 놀라고 당황해서 단운비가 전개하는 초식이 무엇인지도 알아보지 못했다.

'이런……'

그의 얼굴이 보기 싫게 일그러졌다.

하지만 그는 명색이 흑룡당주다. 호락호락 당할 하수가 아닌 것이다.

그 즉시 천근추의 수법으로 바닥으로 쑥 내려선 그는 어지럽게 보법을 밟아 공격을 피하면서 전력으로 회심의 일도를 쓸어갔다.

쑤아악!

그러나 그의 도는 중도에서 뚝 끊어지고 말았다.

단운비의 공격 다섯 개를 깨끗하게 피했다고 여겼는데 오산이었다.

난파풍십이검 제팔검의 제이변(第二變)이 뒤이어서 펼쳐진 것이다.

원래 난파풍검법 각 초식에는 몇 개씩의 변화가 있는데, 제팔검에는 다섯 개의 변화가 있다.

처음에 단운비가 흑룡당주의 상체 다섯 군데 급소를 찔러간 것은 그중에 제일변일 뿐이다.

슈사사삭!

제팔검 제이변은 베기다. 그것도 검을 기기묘묘하게 뒤집고 젖히며 크고 작은 원을 여러 개 그리는 것인데, 흑룡당주로서는 생전 처음 보는 수법이었다.

휘익!

당황한 흑룡당주는 다급히 철판교의 수법으로 상체를 뒤로 자빠뜨려서 아슬아슬하게 피했다.

쉬쉬쉬이익!

그러자 이번에는 단운비의 검이 그림자처럼 따라붙으면서 제팔검의 제삼변을 전개했다.

이번 변화는 찌르기와 베기가 각기 세 개씩 섞인 것이다.

하나의 초식에 찌르기와 베기를 동시에 전개하는 것은 상식을 완전히 뒤집는 변화다.

흑룡당주는 조금 전에 단운비가 한 것처럼 발뒤꿈치를 바닥에 대고 축으로 삼아 빙글 그의 옆으로 돌아가서 급습을 가하려고 했으나 끝내 그럴 기회가 없었다.

사삭!

세 개의 베기 중에 두 개가 어느새 그의 양쪽 어깨의 옷자락을 베었고, 그와 동시에 검첨이 그의 턱 바로 아래를 찌를 듯이 겨누었다.

비무는 끝났다. 원래 초식에서 우세한 단운비와 공력 면에서 월등한 흑룡당주가 정정당당하게 일대일로 겨룬다면 흑룡당주가 반 수 정도 우위를 점할 것이다.

하지만 단운비에겐 비장의 무기, 즉 혈각비가 있으며, 살짝 스치기만 해도 중독되어 한 줌의 혈수로 변하는 한 쌍의 독각도가 있다.

그러므로 목숨을 내걸고 치열하게 싸운다면 단운비가 약간 우세할 것이다.

흑룡당주의 패인은 순전히 방심 때문이었다.

단운비는 우뚝 서서 검을 흑룡당주의 턱 아래 목을 찌를 듯이 겨눈 채 그를 굽어보았다.

벌렁 누워 있는 흑룡당주의 얼굴 가득 불신의 표정이 가득 떠올랐다.

자신이 일개 조장에게 패했다는 사실이 죽어도 믿어지지 않는다는 표정이다.

그러더니 그의 얼굴은 곧이어 마치 발로 밟아놓은 만두처럼 보기 싫게 일그러졌다.

자신이 어째서 이런 부질없는 비무를 시작한 것인지, 그리고 일개 조장에게 패했다는 심한 자괴감이 들었다.

그리고 이 비무에서 자신이 어이없이 패했다는 소문이 나버리면 얼굴을 들고 다닐 수 없게 됐다는 비참한 심정에 사로잡혔다.

그러나 그는 잠시 후에 더 비참한 결정을 내려야만 했다. 어떤 대가를 치르고서라도 이 어린 조장의 입을 막아야겠다는 생각을 한 것이다.

그런데 그는 검첨으로 자신의 목을 겨눈 채 물러서지 않고 있는 단운비가 죽이고 싶도록 얄미웠다.

자신의 입에서 졌다는 고백이 나오기를 기다리고 있는 것이라고 생각한 것이다.

"검을 치워라."

그러나 그는 패배를 시인하는 대신 불퉁한 얼굴로 퉁명스럽게 내뱉었다.

그런데도 단운비는 꿈쩍도 하지 않았다. 더구나 얼굴에는 한 겹의 살얼음이 깔린 듯 냉혹함이 떠올라 있었다.

흑룡당주는 그가 끝까지 자신이 패했다는 말을 들으려 한다는 생각이 들어 비참함을 넘어서 울컥 화가 치밀었다.

"썩 비켜라."

그가 짓씹듯이 내뱉는데도 단운비는 요지부동이다. 아니, 오히려 검첨으로 흑룡당주의 목을 가볍게 찔렀다.

슥─

"억?"

흑룡당주는 목이 따끔하고 피가 주르르 흐르는 것을 느끼고는, 자신이 비무에서 패했다는 소문이 나든 말든 당장 이 자식을 쳐 죽이겠다고 분노했다.

"이놈, 당장 물러나지 않으면 내년 오늘이 네놈 제삿날이 될 것이다."

그가 잡아먹을 듯이 으르렁거리자 마침내 단운비가 행동을 보였다.

하지만 흑룡당주가 원하는 행동이 아니었다. 단운비는 여전히 검첨으로 흑룡당주의 목을 겨눈 채 허리를 굽혀 그의 마혈을 제압해 버린 것이다.

"너… 무슨 짓이냐?"

흑룡당주는 눈을 부릅뜨고 놀라 더듬거렸다.

단운비의 냉혹한 얼굴에 잔혹함이 더해졌다. 그리고 두 눈에서 시퍼런 안광이 줄기줄기 뿜어졌다.

"내가 아직도 사조장으로 보이느냐?"

"……."

흑룡당주의 얼굴에 극도의 경악이 가득 떠올랐다. 그리고 그의 머릿속이 마구 헝클어졌다.

"그, 그럼… 너는 누구냐?"

단운비는 검을 검실에 꽂고 대신 풍우백인을 뽑아 들었다.

"너는 이제부터 내가 묻는 말에만 대답해야 한다."

이어서 풍우백인의 검첨을 흑룡당주의 왼쪽 발목에 갖다 대며 으스스하게 중얼거렸다.

"대답을 하지 않을 때마다 너의 온몸 힘줄을 하나씩 끊고, 이후에는 눈알을 파내고, 코와 귀를 자를 것이며, 사지를 하나씩 잘라낼 것이다."

"너… 너… 도대체……."

흑룡당주의 안색이 새하얗게 질렸다.

그는 머릿속이 텅 비고 흙탕물처럼 마구 헝클어져서 도무지 아무것도 생각나지 않았다.

그러나 자신의 인생에서 최악의 사태가 닥쳤으며, 자신의 목숨을 거머쥔 자가 절대 사조장 따위가 아니라는 사실만은 분명하게 알 수 있었다.

第二十五章
다시 만나다

풍림화산
풍림화산

단운비는 흑룡당주에게서 꽤 많은 사실을 알아냈다.

그것들을 알아내는 과정에서 흑룡당주는 온몸의 힘줄이 다 끊어지고 눈알 두 개가 뽑혔다.

절대 입을 열지 않으려는 흑룡당주의 의지는 강했으나, 한소진을 구해야만 하는 단운비의 의지보다는 약했다.

이후 흑룡당주는 끝내 독각도에 찔려서 한 움큼의 혈수가 되어 사라지는 신세가 됐다.

하지만 그는 자신을 죽인 사람이 누군지는 끝내 알지 못했다. 만약 단운비가 삼천존이 기필코 찾아내라고 명령한 마지막 생존자라는 사실을 알았다면 흑룡당주는 기가 막혀서 죽어서도 눈을 감지 못했을 것이다.

단운비가 흑룡당주에게서 알아낸 사실들을 크게 나누면 다음과 같다.

이 방파의 명칭은 대천회(大天會)라고 하며, 목적은 천하를 제패하는 것이다.

대천회에는 다섯 명의 하늘, 즉 대천오존(大天五尊)이 있으며, 대천존(大天尊)이 최고 우두머리고 그 아래 네 명의 천존이 있다.

현재 대천오존은 각자의 맡은바 임무를 수행하고 있다.

그들 중에서 삼천존의 임무는 살비굉규(殺秘宏規)를 완수하는 것이다.

살비굉규란, 천하 각처에서 오백 명의 뛰어난 인재들을 납치하여 삼 단계의 과정을 거쳐 사무살(四無殺)과 삼십육비(三十六秘), 도합 사십 명을 양성하는 일이다.

제일단계는 그 오백 명을 후최면적살술(後催眠敵殺術)이라는 최면술로 제압하여 지옥도에 내던져서 살아남는 자들을 추려내는 것이다.

제이단계는 추려낸 정예 인재들을 팔대지옥계(八大地獄界)라는 곳에서 훈련시키는 과정인데, 이 년 내라는 짧은 시일 안에 완성을 시키게 된다.

제삼단계는 팔대지옥계를 수료한 최정예고수, 즉 '살비(殺秘)'로 하여금 '삼천혈세록(三千血洗錄)'에 올라 있는 무림인들을 암살하게 하는 것이다.

'삼천혈세록'에는 천하무림 정사마(正邪魔)의 굵직굵직한 인물들 삼천 명의 이름이 모조리 올라 있다.

이 거선의 이름은 '독천'이고 우두머리는 삼천존이며, 그가 이 모든 과정을 지휘 총괄하고 있다.

현재 지옥도에서 살아남은 자들은 팔대지옥계에서 훈련 중이며, 독천이 이곳을 떠나지 않고 있는 이유는 아직까지 잡히고 있지 않은 두 명을 잡아들이기 위함이다.

그런데 어제 계집 한 명을 잡아들였고, 이제 한 명이 남아 있는 상태다.

독천의 선창 맨 아래쪽 팔 층이 팔대지옥계이며, 지옥도에서 살아남은 자들이 현재 그곳에서 훈련 중이다.

독천에는 삼천존 휘하 용전과 호전이 있으며, 두 개의 전 휘하에는 각각 다섯 개의 당이 있다.

각 당은 백 명으로 이루어져 있고, 독천에는 현재 천이백 명의 고수들이 있다.

어제 잡아온 계집은 선창 구 층 뇌옥에 감금되어 있으며, 아직 잡아들이지 못한 마지막 한 명의 행방을 집중적으로 심문하고 있는 중이다.

단운비는 꽤 많은 사실들을 알아냈으나 그의 관심사는 오로지 한소진에 관한 것뿐이었다. 다른 것에는 눈곱만치도 관심이 없다.

그는 흑룡당주가 말한 '어제 잡아들인 계집'이 한소진일 것이라고 확신했다.

그리고 아직도 잡아들이지 못한 마지막 한 명이 단운비 자신일 것이라고 판단했다.

흑룡당주를 상대하느라 반 시진을 허비했다. 이제 동이 틀 때까지는 두 시진 남짓 남았을 뿐이다.

그사이에 무슨 일이 있어도 한소진을 구해서 독천을 탈출해야만 한다.

단운비는 혈룡검수의 옷을 벗고 죽은 흑룡당주의 옷으로 갈아입었다. 그리고 그의 품속에서 그의 신분을 상징하는 하나의 패를 찾아내어 챙겼다.

이어서 방을 나온 단운비는 선창 구 층을 향해 계단을 달려 내려가기 시작했다.

그는 독천의 선창이 대략 이십여 층이라고 생각했으나, 흑룡당주의 말에 의하면 이십오 층이 있다는 것이다.

그중에 아래 팔 층이 팔대지옥계고, 구 층이 뇌옥이며, 그곳에 한소진이 감금되어 있다.

그러나 흑룡당주가 온몸의 힘줄이 잘리고 두 눈알이 뽑혀지면서까지 말하지 않은 한 가지가 있었다.

선창 구 층부터 그 아래는 말 그대로 지옥이며 용담호혈(龍潭虎穴)이라는 사실이다.

그는 단운비가 구 층으로 진입하면 절대로 살아서 나오지 못할 것이라고 확신했다.

그것만이 죽어간 흑룡당주의 유일한 위안이었다.

선창 십층으로 내려선 단운비는 더 이상 내려가지 못하고 멈추었다.

그곳은 다른 층하고는 달리 검은색의 견고한 철문이 가로막고 있었기 때문이다.

철문은 그 안쪽이 다른 곳하고는 사뭇 다르다는 분위기를 짙게 풍겼다.

단운비는 철문 앞에 멈춰서 어떻게 철문을 통과할 것인지 잠시 생각했다.

하지만 생각은 그리 길지 않았다. 방법이 하나뿐이기 때문이다. 철문을 부술 수는 없으니 안쪽에서 열게 만드는 방법뿐이다.

그는 근처의 유등을 꺼서 주위를 어둡게 만들었다.

이어서 왼손에 세 개의 혈와각을 쥐고, 오른손에는 독각도를 쥐어 손목 안쪽에 감추고는 철문을 두드렸다.

쿵쿵쿵!

그러자 철문 위쪽의 둥글고 작은 창이 열렸다.

철컹!

그리고는 하나의 눈이 나타나 밖을 내다보며 물었다.

"누구요?"

단운비는 일부러 철문에서 네다섯 걸음 뒤로 물러난 어두컴컴한 곳에 우뚝 서서 흑룡당주의 목소리를 흉내 내어 나직하게 호통을 쳤다.

"이놈, 흑룡당주 얼굴도 못 알아보느냐?"

밖을 내다보는 눈이 껌뻑거리면서 단운비를 자세히 보려고 애쓰는 듯했다.

그러자 단운비는 품속에서 흑룡당주의 패를 꺼내 철문의 작은 창에 바짝 들이대며 가볍게 발을 굴렀다.

"내 패를 확인해야지만 문을 열 테냐? 이 말이 끝날 때까지도 문을 열지 않는다면 목을 비틀어 버리겠다!"

철컹! 그그긍!

그러자 그 즉시 철문이 육중하게 열렸다.

휘익!

마권찰장(摩拳擦掌), 잔뜩 벼르고 있던 단운비는 철문이 절반쯤 열렸을 때 한줄기 바람처럼 안으로 쏘아들었다.

긴가민가하는 얼굴로 철문을 열고 옆으로 비켜서 있던 청의 경장을 입은 호문고수(護門高手)는 빠르게 철문 안으로 쏘아 들어오는 검은 인영을 향해 급히 예를 취했다.

"흑룡당주를 뵈옵니… 엇?"

단지 포권지례만 취했을 뿐 빤히 검은 인영을 주시하면서 살피고 있던 호문고수는 갑자기 검은 인영이 희끗한 물체를 번뜩이면서 공격을 가해오자 움찔 놀랐다.

팍!

"끅……."

그러나 호문고수가 어떤 동작을 취하기도 전에 단운비의 독각도가 그의 귀밑 목을 깊숙이 찔렀다.

그 부위를 깊이 찔리면 신음 소리조차 제대로 내지 못한다.

"무슨 일이야?"

그때 계단 아래 오른쪽으로 꺾어진 안쪽에서 목소리와 이쪽으로 곧 다가오는 발자국 소리가 들렸다. 방금 나직한 신음 소리를 들은 모양이다.

휘이익!

단운비는 계단 꼭대기에서 번쩍 아래를 향해 신형을 날렸다. 나부파 최상승의 경공인 백운비행이다.

슥—

그와 동시에 계단 아래 모퉁이에서 호문고수 한 명이 모습을 나타내면서 계단 위를 쳐다보았다.

"이봐, 왜 그래?"

그는 반쯤 열린 철문 안쪽 벽에 기대서 있는 동료 호문고수를 의아한 표정으로 올려다보면서 계단에 발을 얹었다.

순간 그의 머리 위에서 단운비가 박쥐처럼 추호의 기척도 없이 하강하며 독각도를 휘둘렀다.

팍!

"끅……."

이번에도 어김없이 귀밑 목 부위에 독각도가 깊숙이 쑤셔 박히자 호문고수는 두 눈을 찢어질 듯이 부릅뜨고 흡사 손톱으로 벽을 긁는 듯한 소리를 냈다.

삭—

소리없이 바닥에 내려선 단운비는 쓰러지는 호문고수를 잡아 바닥에 살짝 눕혀놓았다.

그때 위쪽 철문 옆에 서 있던 호문고수가 스르르 쓰러지고 있었다.

철퍼덕!

그러자 마치 가죽으로 만든 물주머니가 바닥에 떨어지는 듯한 소리가 났다.

독각도에 찔려서 몸이 녹고 있기 때문이다.

"무슨 소리야?"

"뭐야?"

그러자 계단 아래 모퉁이를 돌아 복도 오른쪽에서 몇 마디 목소리와 발자국 소리 등이 어수선하게 들렸다.

단운비는 모퉁이 이쪽 벽에 등을 밀착시킨 채 잔뜩 청력을 돋우었다.

다가오고 있는 자가 세 명이고, 그 자리에 그대로 있는 자가 두 명, 모두 다섯 명이다.

먼저 세 명을 죽이고 그다음에 두 명이다. 먼저고 그다음이라고 하지만 거의 동시에 죽여야만 한다.

결코 쉬운 일이 아니다. 아니, 너무 어려워서 성공한다는 확신이 서지 않았다.

그리고 그곳에 그들 다섯 명만 있기를 빌었다. 만약 그들 다섯 명 외에 더 있다면 그것은 곧장 발각으로 이어지고, 단운비가 이곳에서 살아 나갈 수 없다는 것으로 결론이 날 것이다.

단운비는 다가오는 세 명을 기다리지 않을 생각이었다. 갑자기 뛰어나가면서 공격하는 것이 급습의 효과를 더 높일 수 있을 것이기 때문이다.

그는 독각도를 오른손에 움켜쥐고 왼손의 혈와각 세 개 중 하나를 입에 문 채 두 개만 쥐고 나서 쏜살같이 모퉁이를 돌아갔다.

휘익!

모퉁이를 돌자마자 두세 걸음 앞에서 한데 모여 걸어오고 있는 세 명의 청의고수, 즉 청룡검수(靑龍高手)들을 발견했다.

그 세 명의 얼굴에 놀라움이 떠오르긴 했으나, 벌어진 입에서 미처 어떤 소리도 새어나오기 전에 단운비는 순식간에 그들의 코앞까지 들이닥치면서 난파풍십이검의 제구검을 전개했다.

스파아아!

우윳빛 독각도가 허공을 이리저리 기쾌하게 가르면서 부윰한 광채를 뿌렸다.

단운비는 세 명의 급소를 노렸다. 실패해서는 안 된다. 급소를 적중하여 즉사를 시키지 못하면 놈들은 필경 소리를 지를 것이다.

파파팍!

독각도가 청룡검수 처음 한 명의 정수리를 찍고, 두 명째는 미간을, 마지막 세 명째는 목을 정면으로 깊숙이 찔러 넣었다.

단운비는 그들의 죽음을 확인할 겨를이 없다. 왜냐하면 삼장 거리의 벽 쪽에 붙어 있는 작은 탁자 둘레에 앉아 있던 두 명의 청룡검수가 놀란 얼굴로 벌떡 일어서는 광경을 발견했기 때문이다.

그 순간 단운비의 왼손이 옷에 묻은 먼지를 털어내듯 번개같이 두 개의 혈와각을 발출했다.

두 명의 청룡검수는 일말의 기척도 없이 자신들을 향해서 무엇인가 날아오는 것을 보고도 별로 놀라지 않았다. 그것이 암기라는 생각이 들지 않았기 때문이다.

왜냐하면 이곳은 벽에 여러 개의 유등이 걸려 있어서 꽤 밝은 편인데, 쏘아오고 있는 것들이 전혀 반짝이지 않았고 또 흐릿하면서도 너무 빨랐기 때문에 잘못 본 것인지도 모른다는 생각이 들었다.

그러나 그들은 눈 한 번 깜빡이기도 전에 그 두 개의 작은 물체가 일 장 앞까지 쇄도해서야 안색이 크게 변했다. 그제야 혈와각의 모습을 똑똑히 본 것이다.

"끄윽!"

"커윽!"

혈와각 두 개가 두 명의 청룡검수 미간에 정확하게 꽂혔으나 아무런 음향도 흘러나오지 않았다.

대신 답답한 두 마디 신음이 흘렀다. 단운비는 비명 소리를 최소화하려고 급소만을 노렸다.

급소를 정확하게 적중시키면 소리가 새어나오지 않는다는 사실을 불과 몇 번의 살인으로 깨달았다.

철퍼덕! 철벅!

방금 전의 독각도로 죽인 세 명이 벌써 몸이 흐물흐물해져서 앞 다투어 쓰러지며 물주머니 소리를 냈다.

단운비는 백운비행을 전개하여 혈와각에 죽은 두 명이 쓰러지기 전에 쏘아가 그들을 잡아 바닥에 눕히면서 눈으로는 재빨리 복도를 살폈다.

다행히 아무도 없다. 이곳에는 계단 위의 철문을 지키던 자까지 모두 일곱 명이었고, 이제 그들은 모두 죽었다.

단운비는 다시 계단 위로 달려 올라가서 철문을 닫고 잠근 다음에, 이미 한 줌의 혈수로 변해서 죽은 자들의 옷을 하나씩 거두면서 돌아왔다.

이어서 재빨리 흑룡당주의 옷을 벗고 청룡검수의 옷으로 갈아입었다. 이곳에서 움직이려면 청룡검수처럼 보이는 것이 좋을 터이다.

그리고는 나머지 옷은 모두 개켜서 탁자 아래 잘 보이지 않는 곳에 감추었다.

탁자 바로 옆은 하나의 문이다. 나무로 만든 문이지만 숙소하고는 달리 문이 매우 견고하고 밖에서 빗장이 질러져 있으며 위쪽에 작은 창이 하나 있다.

스륵─

단운비는 작은 창을 열고 재빨리 안을 살펴보았다.

안은 텅 비었다. 그러나 벽에 피가 흠뻑 묻은 쇠사슬이 여러 개가 늘어져 있고, 바닥에도 핏자국이 얼룩져 있는 것이 보였다.

창을 닫고 주위를 둘러보았다. 맞은편에도 똑같은 문이 하나 있고, 삼 장쯤 떨어진 옆과 그 맞은편에도 같은 모양의 문이 있으며, 그 옆으로도 문은 띄엄띄엄 계속 이어졌다. 문은 모두 이십여 개에 달했다.

단운비는 차례차례, 그러나 재빠르게 하나씩 확인해 나가기 시작했다.

어떤 방은 비었고, 어떤 방에는 용모와 나이를 알아볼 수 없을 정도로 피투성이가 된 사람이 쇠사슬에 묶여서 벽에 기댄 채 고개를 푹 숙이고 혼절해 있었다. 그러나 한소진은 아니었다.

흑룡당주는 구층에 한소진이 있다고 했다. 단운비의 행적을 알아내기 위해서 그녀를 심문 중이라고 했으니, 아직은 팔대지옥계로 내려 보내지 않았을 것이다.

그러나 이곳에 한소진이 없다면? 만약 흑룡당주가 죽어가면서까지 거짓말을 한 것이라면?

그렇다면 팔대지옥계까지 내려가서라도 한소진을 찾아낼 수밖에 없다.

스륵—

열세 번째까지 살펴봤으나 역시 한소진은 없었다. 재빨리 옆의 문으로 이동하여 열었다.

달깍!

급한 마음에 손에 힘이 들어가서 창을 여는 소리가 조금 크게 들렸다.

그 방 벽면에는 한 사내가 쇠사슬에 두 손목과 두 발목이 묶인 채 피투성이가 되어 서 있었다.

사내는 창 여는 소리에 움찔 가볍게 몸을 떨더니 부스스 고개를 들었다.

단운비가 막 돌아서려는데 갑자기 사내가 낮게 외쳤다.

"이봐!"

무슨 정보라도 얻을까 싶어서 단운비는 다시 창을 들여다보았다.

“물… 좀 다오.”

피로 범벅된 얼굴의 사내가 뺨을 씰룩이며 내뱉었다.

단운비는 청룡검수들이 앉아 있던 탁자에 물이 있는 것을 기억해 냈다.

“어제 잡혀온 한 명의 소녀가 어디에 갇혔는지 아느냐?”

그냥 물을 주지 않고 대답을 해야지만 주겠다는 뜻이다.

그때 사내의 몸이 가볍게 움찔 떨었다.

“물을 주면 말해주겠다.”

사내는 지옥도에 있는 두 명의 생존자의 행방을 실토하라고 고문을 당했었다.

이후 한소진이 잡혀온 뒤로는 마지막 남은 한 명의 행방을 실토하라고 고문을 당하고 있는 중이었다.

하지만 사내는 아무것도 모르기 때문에 대답할 말이 없었고, 고문은 멈춰지지 않았다.

“먼저 말해라.”

단운비는 물러서지 않았다.

사내의 입술이 비틀어졌다. 흐릿한 미소인데 조소인지 실소인지 모를 미소다.

“훗! 이곳의 수하가 그런 것도 모른다는 말이냐?”

사내는 작은 창을 통해서 단운비가 입고 있는 청의 옷깃을 본 모양이다.

그 말은 ‘네가 이곳 수하가 아니라는 것을 알고 있다’는 뜻이기도 하다.

단운비는 더 이상 실랑이를 하고 싶지 않아서 미련없이 발길을 돌렸다.

"이봐! 날 모르겠느냐?"

그때 사내가 급히 외쳤다.

그러나 단운비는 그의 외침을 귓등으로 흘리면서 다음 문으로 향했다.

"나 살모사다!"

사내가 더욱 다급한 목소리로 외쳤다.

순간 단운비의 걸음이 뚝 멈췄다. 열어놓은 작은 창으로 사내의 절박한 목소리가 흘러나왔다.

"너 설마 항주성 용정로 흑사파 두령 살모사를 잊었단 말이냐?"

'살모사……'

단운비의 얼굴에 놀라는 표정이 떠올랐다. 그러고 보니까 목소리가 귀에 익었다.

살모사가 이곳에 있다니 정말 뜻밖이다. 그렇다면 그 역시 무작위로 끌려온 오백 명 중의 한 명일 것이다.

단운비는 다시 사내가 갇힌 문의 창 앞으로 다가가 사내를 쳐다보았다.

자세히 살펴보니 사내 얼굴이 피범벅이지만 살모사가 틀림없었다.

단운비의 모습이 다시 나타나자 사내는 흰 이를 드러내며 괴이하게 웃었다.

"킬킬… 너 그때 날 찾아와서 혈랑파 두령 시랑을 죽일 테니까 은자를 내놓으라던 그 거지새끼지? 이제 보니까 얼굴이 반반하구나."

단운비가 뭐라고 하기도 전에 사내 살모사가 말을 이었다.

"킬킬킬… 그래, 시랑은 죽였느냐?"

단운비는 대답 대신 고개를 끄덕였다.

그러자 살모사가 눈을 커다랗게 뜨며 놀랐다.

"네가… 시랑을 죽였어?"

단운비는 가만히 있었다.

"그렇지. 너는 거지새끼였을지라도 꼬장꼬장한 놈이었어. 거짓말 같은 것은 하지 않을 거야. 네가 시랑을 죽였다면 죽인 게지."

살모사는 처음에 단운비가 말문을 열었을 때 움찔 가볍게 놀랐었는데, 그때 이미 그가 누군지 알아봤던 것이다.

기억력이라면 단운비가 훨씬 뛰어날 텐데도 살모사의 목소리를 기억해 내지 못한 이유는 지금이 너무도 급박한 상황이기 때문이다.

"날 풀어주면 시랑을 죽인 대가로 약속한 은자 이백 냥을 주겠다. 아니, 천 냥을 주겠다. 어서 나를 풀어다오."

살모사는 단운비가 당연히 자신을 풀어줄 것이라고 장담

하는 듯했다.

그러나 단운비는 그냥 발길을 돌렸다. 이런 와중에도 쓰레기보다 못한 살모사 같은 놈을 풀어주면 항주성 백성들의 고혈을 얼마나 짜내겠는가 하는 생각이 들었다.

단운비가 창에서 사라지자 살모사는 움찔 놀라더니 다급한 얼굴로 바락바락 악을 썼다.

"야, 이 새끼야! 당장 이리 와서 날 풀어주지 못하느냐?"

단운비는 다시 걸음을 멈추고 살모사가 있는 방으로 돌아갔다. 저대로 악을 쓰게 내버려 두면 독천에 있는 자들을 모두 이곳으로 불러 모으게 될 것이다.

드궁!

단운비는 빗장을 풀고 안으로 들어가서 곧장 살모사에게 걸어갔다.

살모사는 그가 풀어주러 돌아온 줄 알고 희색만면해서 지껄였다.

"킬킬킬… 그렇지! 날 풀어주고 우리 함께 이곳을 빠져나가자구!"

살모사 앞에 우뚝 선 단운비는 돌덩이처럼 굳은 얼굴로 독각도를 움켜쥔 오른손을 치켜들었다.

슥—

그제야 단운비가 자신을 풀어주려는 것이 아니라 죽이려 한다는 사실을 깨달은 살모사는 두 눈을 크게 부릅떴다.

“이… 이봐, 왜 그러는 거야?”

단운비의 눈에서 살기가 번뜩이는 것을 발견한 살모사는 갑자기 눈물을 쏟아냈다.

“으흐흑! 그래, 차라리 죽여라. 이따위로 사느니 죽는 게 낫다. 어서 죽여라…….”

그러면서 그는 고개를 푹 숙이고 목을 늘어뜨렸다.

단운비는 잠시 그의 뒤통수를 쏘아보다가 치켜들었던 오른손을 내리그었다.

퍽!

주먹으로 살모사의 뒤통수를 후려치자 그는 그대로 고꾸라져 혼절했다.

단운비는 점차 초조해지는 마음으로 열다섯 번째 문의 창문을 열었다.

그리고 그 안을 확인한 순간 숨이 탁 막혔다.

‘진아!’

드디어 발견했다.

문 안쪽 벽에 두 손목과 발목이 쇠사슬에 묶인 채 고개를 푹 숙이고 온몸을 늘어뜨리고 있는 여자는 굳이 얼굴을 보지 않아도 한소진이 분명했다.

한소진을 발견한 단운비의 마음은 웬일인지 반가움보다는 불쌍함이 앞섰다.

울컥 하고 뜨거운 무엇이 가슴 밑바닥에서 화산처럼 솟구쳐 올랐다.

그는 급히 빗장을 열고 안으로 들어가 빠르게 한소진에게 다가갔다.

가까이에서 보니 그녀는 잡혀갈 때 모습 그대로 알몸인데 온몸이 피투성이의 처참한 모습이었다.

그러나 자세히 살펴보니까 깊은 상처는 하나도 없었다. 하나같이 얕은 상처지만 극한의 고통을 안겨줄 만한 상처들이었다. 그것으로 그녀가 모진 심문을 당했다는 사실을 알 수 있었다.

한소진을 팔대지옥계라는 곳에 넣으려면 심한 상처를 입히지 않았을 것이다.

"진아."

나직이 부르자 잠시 후에 한소진이 부스스 고개를 들었다.

그녀의 얼굴에는 놀라움도 그 어떤 반응도 없었다. 단지 누군가 부르자 반사적인 반응을 한 것뿐이다.

게다가 눈을 꼭 감고 있다. 심문자의 어떠한 요구에도 넘어가지 않겠다는 의지 같은 것이 창백한 그녀의 얼굴에 흐릿하게 떠올라 있었다.

그 모습이 더욱 안쓰러워진 단운비는 부드러운 목소리로 다시 불렀다.

“진아, 나다. 오빠야.”

그 순간 한소진의 피투성이 몸이 움찔 가볍게 떨렸다. 그러더니 그녀의 긴 속눈썹이 가늘게 떨리면서 눈이 떠졌다.

그리고 그녀의 메말라 까칠해진 입술이 미약하게 달싹이며 한숨 같은 목소리가 흘러나왔다.

“내… 가 지금 꿈을 꾸고 있는 것인가? 눈앞에서 오빠가 보이다니…….”

“꿈이 아니다. 내가 널 구하러 왔단다.”

단운비는 떨리는 목소리로 말하고, 떨리는 손을 뻗어 한소진의 뺨을 감쌌다.

그의 체온을 직접 느낀 한소진은 비로소 실감하는 듯 몸을 후드득 떨었다.

“오… 오빠……. 으흐흑!”

그리고는 왈칵 울음을 터뜨렸다. 집을 잃어버려서 헤매고 있던 어린아이가 극적으로 아버지를 만난 심정이 아마도 이럴 것이다.

“오빠… 나를 구하러 왔구나……. 오빠가 왔어……. 흑흑흑.”

철그렁! 철컹!

한소진은 몸부림을 치듯 단운비에게 안기려고 했으나 손목과 발목을 묶고 있는 쇠사슬 때문에 뜻을 이루지 못하고 요란한 소리만 터졌다.

단운비는 즉시 한소진의 두 손목과 발목에 채워진 수갑과 족쇄를 풍우백인으로 끊어버렸다.

순간 한소진이 단운비의 품으로 맥없이 쓰러졌다.

"아……."

"진아."

단운비는 그녀를 떼어내서 등에 업으려다가 그녀의 오른쪽 어깨에 검에 찔린 듯한 깊은 상처를 발견하고는 움찔 놀라는 표정을 지었다.

뒤쪽을 살펴본 단운비는 어깨가 완전히 관통됐다는 사실을 깨닫고 더욱 놀랐다.

"오빠… 나는 괜찮아……."

단운비는 그녀의 상처 때문에 마음이 몹시 아팠으나 지금으로선 어떻게 할 도리가 없다. 지금은 한시바삐 탈출하는 것만이 최선이었다.

그는 한소진을 등에 업고 복도로 나와서 아까 탁자 밑에 감춰둔 옷 중에서 상의 한 벌을 꺼내 그녀의 몸을 덮는 것과 동시에 두 사람의 몸을 단단하게 동여 묶었다.

"흑흑흑… 오빠가 나를 구하러 올 줄은 몰랐어……."

한소진은 두 팔로 단운비의 가슴을 꼭 끌어안고 뺨을 등에 묻고는 하염없이 눈물을 흘렸다.

단운비는 양손에 한 쌍의 독각도를 움켜쥐고, 손안에는 세 개씩의 혈와각을 쥔 채 계단 쪽으로 바람처럼 달려가면서 빙그레 미소를 지었다.

"이 녀석아, 네가 없으면 나는 평생 독신으로 살아야 하는데 어떻게 구하러 오지 않겠느냐?"

일전에 한소진이 자신과 혼인해 달라는 부탁을 수락했던 것을 말하는 것이다.

한소진은 행복한 표정으로 입술을 삐죽거렸다.

"순전히 그것 때문이구나?"

그러면서도 그가 그렇게 말을 해준 것이 너무 고마워서 더욱 눈물을 펑펑 흘렸다.

단운비는 왼손으로 한소진의 궁둥이를 툭툭 두드렸다.

"나는 너 없이는 살 수 없다."

"……"

순간 한소진은 가슴이 콱 막혔다. 평생 이처럼 감격적인 말을 듣고 또 감동을 하기는 처음이다.

그녀가 아무 말도 하지 않았으나, 단운비는 그녀의 몸이 바르르 떨리는 것을 느끼며 그녀가 어떤 심정일 것이라고 짐작할 수 있었다.

"이제부터 우리는 살아도 둘이 함께 살고 죽어도 둘이 함께 죽을 것이다."

"오빠……"

단운비가 단호하게 말하자 한소진은 온몸이 저릿저릿하도록 감격하여 말을 잇지 못했다.

그리고는 두 팔과 다리로 결사적으로 그를 힘주어 끌어안으면서 자신도 그럴 것이라고, 아니, 그보다 더 오빠를 사랑한다고 속으로 부르짖었다.

드디어 복도 끝에 이른 단운비는 계단으로 급격히 방향을 꺾어 달려 올라갔다.

철컹!

"윽!"

그러나 그는 곧 무엇인가에 거세게 부딪치며 뒤로 팅겨져서 하마터면 바닥에 나뒹굴 뻔했다.

놀란 그는 자세를 바로 잡기도 전에 자신이 무엇에 부딪쳤는지 확인하고는 안색이 급변했다.

아래에서 두 번째 계단에 위에서 아래 세로로 굵은 쇠창살이 쳐져 있었던 것이다.

원래 뇌옥의 문을 함부로 열면 구층 계단 상단부에서 쇠창살이 내려와 통로를 봉쇄하게 돼 있는데, 단운비로서는 그런 사실을 알 리가 없었다.

쇠창살은 어린아이 손목 정도 굵기이며 폭이 반 뼘 남짓으로 촘촘해서 부수거나 그 사이로 빠져나가는 것은 불가능해 보였다.

쇠창살을 쳐다보는 단운비의 얼굴에 초조한 표정이 가득 떠올랐다.

이런 일이 생길 것이라고는 조금도 예상하지 않았다. 단지 일이 좀 쉽게 풀린다는 생각이 들긴 했는데, 이런 난관이 닥친 것이다.

"오빠, 저기……."

그때 고개를 복도 쪽으로 향하고 있던 한소진이 떨리는 목소리로 말했다.

단운비가 쳐다보니 복도 막다른 곳 좌우에서 청룡검수들이 쏟아져 나와 이쪽으로 달려오고 있었다.

단운비는 복도 막다른 곳까지 가보지 않았지만, 그곳 좌우에 통로가 있었던 모양이다.

어쨌든 지금 단운비는 호미춘빙(虎尾春氷)의 위급한 상황에 처해 있었다.

앞에는 견고하기 짝이 없는 쇠창살이 가로막혔고, 복도에서는 셀 수도 없이 많은 청룡검수들이 파도처럼 밀려오고 있는 것이다.

단운비에겐 저렇게 많은 적들을 물리칠 능력이 없었다.

하지만 한소진을 구한 상황에서 독천 밖으로 벗어나기만 하면 되는데 이제 와서 이대로 주저앉아 포기할 수는 더더욱 없는 일이었다.

"오빠, 풍우백인 갖고 있어?"

그때 한소진이 초조하게 물었다.

"그래."

대답하면서 단운비는 벌써 풍우백인을 뽑아 들었다. 그녀가 무슨 뜻으로 묻는지 알아차린 것이다.

그는 오른손으로 풍우백인을 움켜쥐고 공력을 끌어올리면서 쇠창살을 쏘아보며 바짝 다가갔다.

몰려오고 있는 적들이 지금 어디까지 왔는지는 쳐다보지 않았다. 그러는 사이에 촌각이라도 더 서두르는 편이 낫기 때문이다.

적들은 십여 장 거리까지 달려오고 있으며, 얼마나 많은지 복도를 가득 메웠다.

쉬익!

단운비는 쇠창살을 쏘아보며 우에서 좌 수평으로 힘껏 풍우백인을 휘둘렀다.

째앵!

날카로운 소리가 터지면서 쇠창살 두 개가 뎅겅 잘라졌다. 과연 풍우백인은 명검이다.

단운비는 한 번 더 힘껏 풍우백인을 휘둘러서 잘라진 쇠창살의 아래 부분을 자른 후 급히 빠져나가 계단 위로 달려 올라갔다.

우르르!

바로 그때 청룡검수들이 계단으로 들이닥쳤다.

간발의 차이로 단운비는 그들에게 덜미를 잡히지 않았다.

단운비는 적들이 잘라진 쇠창살의 좁은 틈으로 통과하고

있는 것을 보고는 즉시 계단을 달려 올라가서 철문 밖으로 나
갔다.

쐐애액! 쐐액!

순간 문밖 양쪽에서 날카로운 파공음이 터졌다.

흠칫 놀란 단운비는 급히 멈춘 후 뒷걸음쳐서 철문 안으로
다시 들어갔다.

쉬이익!

그 순간 철문 밖 양쪽에서 두 자루 검이 그어져 내려 서로
교차했다.

그때 쇠창살을 통과한 적들이 계단을 달려 올라와 단운비
배후 일 장까지 쇄도하고 있었다.

철문 밖에서 내리그어졌던 두 자루 검이 다시 재빨리 올려
지고 있을 때, 단운비는 자세를 한껏 낮추고 쏜살같이 밖으로
튀어나갔다.

휙!

그와 동시에 상체를 뒤틀면서 철문 양쪽으로 각각 하나씩
의 혈와각을 쏘아냈다.

철문 양쪽에 서 있던 두 명의 흑의고수, 즉 흑룡검수 어깨
와 복부에 각각 혈와각이 꽂혔다.

그 두 명이 비틀거릴 때 단운비가 재빨리 주위를 쓸어보자
그곳 십층 복도에서도 수십 명의 흑룡검수들이 물밀듯이 몰
려오고 있고, 철문을 통해서도 청룡검수들이 쏟아져 나오고

있다.

　단운비는 두 발로 힘껏 바닥을 박차고 십일층으로 뻗은 계단을 향해 쏘아갔다.

第二十六章
필사적인 탈출

풍림화산

계단에는 청룡검수와 흑룡검수, 혈룡검수들의 시체가 즐비하게 깔렸다.

단운비가 서 있는 계단의 중간을 중심으로 아래쪽에는 청룡검수와 흑룡검수들의 시체가, 위쪽에는 혈룡검수들의 시체가 깔려 있다.

단운비는 아직도 십층에서 십일층으로 오르는 계단을 벗어나지 못한 채 계단 중간에서 처절한 생사혈전을 벌이고 있는 중이었다.

쉬이익!

쐐애액!

퍼퍼퍽!

"크윽!"

"캐액!"

온갖 파공음과 쥐어짜는 듯한 신음 소리가 계단에 난무하고 있었다.

죽은 적의 시체들이 계단을 뒤덮고 있어서 단운비는 시체들을 짓밟으면서 미친 듯이 양손의 독각도를 휘두르며 난파풍십이검을 전개하고 있었다.

계단의 폭은 일 장이 채 못 되는 일곱 자 정도로 좁기 때문에, 적들이 사용하는 석 자 이상 길이의 도검은 마음대로 휘두를 수가 없는 상황이다.

반면에 단운비의 독각도는 한 자 반 길이로 짧아서 초식을 전개하는 데 전혀 거치적거리지 않았다.

더구나 그가 완벽하게 터득한 난파풍십이검 중에는 이런 협소한 장소에서 사용하는 초식이 세 개나 있었다.

적들은 계단 위와 아래에서 협공을 가했으나 계단의 폭이 좁아서 많아야 한 번에 두세 명씩밖에 공격할 수가 없는 상황이다.

더구나 검이 길어 마음대로 공격도 할 수 없는 형편이라서 단운비의 독각도에 속절없이 죽어갔다.

스스스……

그때 독각도에 찔려서 죽은 시체들이 녹기 시작했다. 여기

저기에서 모래를 밟을 때와 비슷한 음향이 흐르면서 시체들이 흐물흐물 녹았다.

계단 위아래에서 밀려드는 적들의 발에 밟혀서 시체들의 몸이 터지며 벌써 시커멓게 변한 내장과 액체가 사방으로 마구 튀었다.

단운비도 예외는 아니다. 한 쌍의 독각도를 휘두르면서 움직일 때마다 시체를 밟아 터뜨려서 그의 하체는 곧 녹다가 만 내장 찌꺼기와 검은 액체로 뒤범벅이 됐다.

하지만 아무리 계단의 상황이 단운비에게 유리하다고 해도 이곳을 벗어나지 못하면 아무 소용이 없다.

더구나 적들은 끊임없이, 정말 끊임없이 밀려오고 있다.

또한 단운비는 서서히 지쳐 가고 있었다. 이곳 계단에서만 벌써 삼십여 명 이상을 죽였다.

"크으으… 독이다……."

"흐으… 시체를 건드리지 마라. 중독된다……."

그때 공격하던 적들이 일제히 공격을 멈추고는 크게 비틀거리면서 신음을 흘렸다.

그들의 코와 입, 눈, 귀에서 검붉은 피가 꾸역꾸역 흘러나오고 있었다.

또한 얼굴이 푸르스름하게 변하며 앞 다투어 그 자리에 풀썩풀썩 주저앉거나 쓰러졌다.

독각도에 찔려서 죽은 시체의 몸이 터지면서 나온 내장이나 액체에 닿은 자들이 중독된 것이다.

그러나 단운비와 한소진은 끄떡없다. 귀별금보의 백혈을 한없이 마신 후에 뿔개구리 혈와를 수백 마리나 날것으로 씹어 먹은 그들이 아닌가.

휘익!

그 틈을 이용해서 단운비는 계단 위를 향해 힘차게 쏘아 올라갔다.

계단 위쪽에서 중독되어 비틀거리는 자들과 그 위에 있는 자들이 거치적거리기 때문에 쏘아 오르는 중에 불쑥 몸을 솟구쳐 천장에 거의 닿을 듯한 높이로 숨 두 번 쉴 사이에 마침내 계단을 빠져나왔다.

그러나 그는 그곳에서 십이층으로 뻗은 계단으로 향하지 못하는 상황에 직면했다.

그곳에서 기다리고 있던 수십 명의 혈룡검수들과 황의 경장을 입은 황룡검수(黃龍劍手)들이 단운비를 향해 일제히 공격을 퍼부었기 때문이다.

적들은 아직 허공에 떠 있는 단운비의 하체를 향해 무차별 검을 휘둘렀다.

그로 인해서 단운비는 바닥에 내려설 수가 없는 상황이었다.

적들은 단운비와 한소진을 죽이려고 하지 않고 단지 부상을 입히려고만 했다.

죽이면 두 사람을 팔대지옥계에 보낼 수 없기 때문이다. 단운비와 한소진은 독천의 소중한 재산인 것이다.

탁!

그때 단운비의 왼발이 검우(劍雨)를 뚫고 적의 머리통을 살짝 밟았다.

휘익!

순간 그는 머리통을 가볍게 박차는 것과 동시에 곧장 계단으로 쏘아갔다.

계단에는 아무도 없었다. 단운비가 구층에서 십층으로, 또다시 십일층까지 뚫고 올라올 것이라고는 예상하지 못했던 것 같다.

한발 늦게 적들이 우르르 추격했으나 백운비행을 전개하는 단운비보다 빠를 수는 없었다.

그는 순식간에 이십일층까지 도달했다. 이제 사 층만 더 오르면 갑판이다.

그런데 그가 이십이층 계단을 오르려는데 위에서 한 무리의 고수들이 우르르 쏟아져 내려왔다.

처음 보는 자들, 즉 백의 경장을 입은 백룡검수(白龍劍手)들이었다.

용전 휘하에는 다섯 개의 당이 있는데, 그중에서 백룡당이 가장 강하다.

단운비는 계단으로 향하지 않고 즉시 방향을 꺾어 복도를 쏘아갔다.

그는 백룡당이 가장 강하다는 사실을 모른다. 단지 적들과 부딪치고 싶지 않을 뿐이고, 이곳 말고 다른 곳으로도 위로 올라갈 수 있다는 사실을 짐작하고 있기 때문에 다른 방법을 택한 것이다.

용전주는 공손히 보고했다.

"놈은 본 전의 수하들을 벌써 사십여 명이나 죽였습니다."

삼천존은 가볍게 고개를 끄덕였다.

"그래?"

수하가 사십여 명이나 죽었다는데도 그는 마치 아들이 장한 일이라도 한 것처럼 흡족한 표정을 지었다.

"더구나 놈은 독을 사용하고 있습니다. 그래서 더 많은 수하들이 죽었습니다."

"훌륭하군."

"그놈 자신은 독인(毒人)이 된 것 같습니다."

삼천존의 입가에 떠오른 흐뭇한 미소가 더욱 짙어졌다.

"허허헛! 금상첨화로군! 장차 그 녀석은 최고의 살비가 될 것이다. 팔대지옥계를 거치지도 않았는데 벌써 살인마가 되었잖은가!"

"그렇습니다."

용전주는 삼천존을 모신 지 십 년이 넘었으나 그가 이렇게 기분이 좋아서 소리 내어 웃는 모습은 처음 본다.

"그 녀석이 계집을 구했다고?"

"그렇습니다. 계집을 구해서 등에 업은 채 뿔로 만든 한 쌍의 작은 칼과 독 암기를 사용하여 파죽지세로 방어선을 뚫고 있습니다."

탁!

"오호라! 그렇단 말이지?"

삼천존은 손바닥으로 팔걸이를 내려치며 더욱 기뻐했다.

"그 둘은 지옥도에서 함께 지냈던 것이 분명하군. 어쩌면 부부 같은 것이겠지."

그는 고개를 끄덕이면서 눈을 좁히는데, 눈가에 아련한 추억 같은 것이 떠올랐다.

"혼자가 된 녀석이 아내를 구하러 이곳까지 온 것이로군. 삼십여 리가 넘는 바닷길을 헤엄쳐서 철갑으로 둘러싸인 독천에 오르고, 선창 구층까지 내려가서 말이지. 그리고 이제는 아내를 업은 채 탈출을 시도하고 있군."

그는 차를 한 모금 마시고 나서 혼잣말처럼 중얼거렸다.

"눈물겨운 사랑이로군."

겉모습으로는 오십대 중반으로 보이지만 실제 그는 육십대 초반의 나이다.

그는 검지로 찻잔을 만지작거렸다.

"사랑이란 좋은 것이지. 인생에서 유일하게 목숨을 걸 만한 가치가 있는 것이야."

용전주는 움찔하여 의아한 얼굴로 조심스럽게 삼천존의 표정을 살폈다.

삼천존의 얼굴에는 무언가를 회상하는 듯한 해읍스름한 표정이 일렁였다.

그러나 용전주가 그것이 무엇인지 알아차리기도 전에 삼천존은 다시 원래의 근엄한 표정으로 돌아와서 나직한 어조로 명령을 내렸다.

"다른 통로를 모두 봉쇄해서 놈을 이곳 독천각(獨天閣) 대전으로 유인해라."

"존명."

"그리고 즉시 독천을 출발시켜라. 이제 이곳에 있을 이유가 없다."

"존명."

휘이익!

단운비는 복도를 바람처럼 달려가고 있었다.

방금 올라가려고 했던 계단에서도 백룡검수 수십 명이 쏟아져 내려왔기 때문에 그는 방향을 틀어 다른 곳의 통로를 찾아가는 길이다.

이제 사 층만 더 올라가면 갑판인데, 그는 여전히 이십일층의 거미줄처럼 얽힌 복도를 헤매고 있었다.

방금 돌아선 계단이 벌써 다섯 번째다. 그런데 그들 백룡검수들은 마치 단운비가 오기를 기다리고 있었다는 듯 우르르 쏟아져 내려왔다.

단운비는 다른 계단을 찾아야만 한다. 이렇게 이십일층에서 헤매고 있다가는 날이 밝고 만다.

아니, 이제는 날이 밝는다는 것은 의미가 없다. 캄캄하든 밝든 무조건 이곳을 빠져나가야만 한다. 그래서 한소진을 데리고 작은 배를 바다에 띄워 되도록 멀리 떠나야만 하는 것이다.

그는 달리면서 재빨리 뒤를 돌아보았다. 그런데 아무도 추격해 오지 않는다.

무슨 일인가? 어째서 추격하지 않는 것인가?

'우리를 이곳에 가두려고 한다.'

살비굉규에 의하면, 단운비와 한소진 둘 다 살비로 길러질 소중한 재산이므로 죽이지 않으려는 것일 게다.

'물론 우리는 죽지 않는다!'

그는 모퉁이를 꺾어서 내달리며 내심 힘차게 외쳤다.

'그렇지만 네놈들의 꼭두각시도 되지 않는다!'

지금 그가 달려가고 있는 복도는 처음 가보는 곳이다.

그때 전면에 계단이 하나 나타났다. 아래로, 그리고 위로 향한 계단이다. 하지만 양쪽 어디에도 적은 단 한 명도 보이지 않는다.

단운비는 잠시 머뭇거렸다. 뭔가 좋지 않은 예감이 들었던 것이다.

다른 계단은 다 막혀 있는데 이곳만 텅 비어 있다는 점이 께름칙했다.

저 위에 무엇이 있는지 모른다. 그렇지만 언제까지 이곳에 있을 수는 없다.

그때 계단을 발견한 한소진이 낮게 속삭였다.

"뭐 해, 오빠? 계단이잖아? 어서 올라가."

그 말을 듣고 단운비는 곧장 계단을 향해 쏘아갔다.

휘익!

'그래! 어디든 이곳보다 더 나쁘지는 않을 것이다!'

이십사층 계단까지 오르는 데에는 그리 오랜 시간이 걸리지 않았다.

단운비는 이십사층 계단 아래 모퉁이에 몸을 숨긴 채 한쪽 눈만 살짝 내놓고 계단 위쪽을 살펴보았다.

아무도 없다. 그리고 계단 위의 문이 굳게 닫혀 있는 것이 보였다.

그는 나는 듯이 계단을 쏘아 올라가서 문 앞에 멈추었다.

한소진은 두 팔로 단운비의 가슴을 꼭 끌어안고 두 발로는 허리를 안은 채 뺨을 그의 어깨에 대고는 아무 말도 하지 않았다. 모든 것을 그에게 내맡긴다는 뜻이다.

단운비는 청력을 극대화시켜서 문 너머의 기척을 감지해보았으나 아무 소리도 들리지 않고 고요하기만 하다.

밖에 어떤 상황이 기다리고 있는지 모르지만 갑판인 것만은 분명하다.

'문을 열자마자 전력으로 쏘아나가서 곧장 바다로 뛰어드는 것이다.'

만약 다행히 밖에 아무도 없다면 작은 배를 바다에 띄우겠지만, 그렇지 못한 상황이라면 바다에 그냥 뛰어들 수밖에 없다고 생각했다.

단운비와 한소진은 둘 다 양신대법을 익혔기 때문에 물속으로 깊이 잠수하면 아무도 추격하지 못할 것이다.

단운비는 양손에 독각도를 쥐고, 손안에는 혈와각을 세 개씩 움켜쥐고는 두 손을 뒤로 돌려 한소진의 궁둥이를 가볍게 두드렸다.

그것이 무슨 뜻인지 알아차린 한소진은 두 팔과 다리로 단운비를 더욱 힘껏 끌어안고는 그의 귓전에 대고 조그맣게 소곤거렸다.

"가요."

왈칵!

순간 단운비는 문을 거칠게 열자마자 전력을 다해서 우측으로 꺾어 쏘아가기 시작했다.

"……"

쏘아가던 중에 재빨리 주위를 살피던 그는 움찔 놀라며 그대로 신형을 멈추었다.

사위는 칠흑 같은 어둠이다. 하지만 그의 눈에는 대낮처럼 밝게 보인다.

그곳은 사방이 막혀 있는 넓은 대전이었다. 또한 사방에 멀찍이 수백 명의 적이 겹겹이 포위하고 있었다.

척!

단운비의 두 발이 바닥에 닿았다.

화악!

그때 주위가 환하게 밝아졌다. 일제히 수백 개의 유등에 불을 붙인 것이다.

단운비는 돌덩이처럼 굳은 얼굴로 천천히 사방을 둘러보았다. 한소진도 고개를 들고 놀란 얼굴로 두리번거렸다.

사실 이곳은 거선 독천의 한복판에 위치해 있으며 가장 큰 전각인 독천각의 일층 대전 안이다.

총 구 층 규모인데, 일층에서 삼층까지는 뚫려 있으며, 이층과 삼층은 한쪽을 제외한 삼면에 낭하가 둘러쳐져 있다.

일층에는 청룡, 흑룡, 혈룡검수 이백육칠십 명이 사방을 겹겹이 포위하고 있다.

그리고 이층과 삼층의 낭하 난간 가에는 황룡, 백룡검수 이백여 명이 단운비를 향해 활을 겨누고 있다.

“오빠…….”

한소진이 겁에 질린 목소리로 중얼거렸다.

단운비는 방금 자신이 나온 문을 쳐다보았다. 그러나 포위하고 있는 자들 때문에 보이지 않았다.

그는 비로소 자신이 함정에 빠졌다는 사실을 깨달았다.

백룡검수들이 다른 계단들을 막고 한 군데로 터놓은 이유가 이곳으로 몰기 위해서였던 것이다.

이윽고 그의 시선이 삼층 어느 한곳에 멈추었다.

그곳에는 커다란 의자에 한 명의 금포인이 꼿꼿한 자세로 앉아 있었다.

오십대 중반의 나이에 희끗희끗한 반백의 머리카락을 깨끗하게 빗어 올려서 깔끔하게 상투를 묶었으며, 눈가와 입가에 잔주름이 약간 있는 말끔하고 준수한 용모에 청수한 학자 같은 풍모의 인물이다.

그가 바로 독천 최고 우두머리인 삼천존이다.

삼천존 좌우에는 용호쌍전(龍虎雙殿)의 두 전주가 호위하듯 우뚝 서 있다.

단운비는 사방 어디로도 빠져나갈 구멍이 없다는 사실을 깨달았다.

그렇지만 포기하지 않았다. 포기하기에는 아직 이르다. 아니, 그는 절대 포기하지 않을 것이다.

그는 방금 전에 한차례 사방을 둘러보면서 어디가 대전의 입구인지 알아냈다.

하지만 일단 그가 행동을 개시하면 문으로는 탈출하지 않을 것이다.

적들은 오히려 문을 더 견고하게 사수할 것이고, 필경 문은 닫혀 있을 터이다. 또한 벽보다는 문이 더 튼튼할 것이라는 생각이다.

지금은 때가 아니다. 지금은 적들이 단단히 경계를 하고 있을 테니까 경계가 한풀 꺾이는 순간의 허점을 노려야만 한다.

단운비는 삼층 의자에 앉아 있는 삼천존을 향해 우뚝 서서 똑바로 쳐다보며 말문을 열었다.

"네가 삼천존이냐?"

자신과 한소진을 이 지경으로 만든 원흉에게 고운 말이 나갈 리 만무하다.

"이놈!"

용전주와 호전주가 동시에 노성을 지르며 꾸짖으려는데 삼천존이 가볍게 손을 들어 제지했다.

삼천존은 단운비가 무례하게 구는데도 조금도 노여워하지 않고 오히려 빙그레 미소를 지었다.

"그렇다. 네 이름은 무엇이냐?"

그는 단운비가 수하들 중에 한 명을 제압하여 심문을 했기 때문에 자신에 대해서 알고 있는 것이라고 짐작했다.

"지금 이대로 우리를 순순히 보내준다면 너희 대천회가 천하를 제패하든 삼천혈세록에 적힌 사람들을 죽이든 상관하지 않겠다. 그러나 끝내 우리를 막는다면 반드시 너희를 응징하고 말 것이다.”

단운비는 삼천존의 물음에 대답하지 않고 자신의 요구를 낭랑한 목소리로 말했다.

“호오, 너는 많은 것을 알고 있구나.”

삼천존은 여전히 화를 내지 않고 외려 적이 감탄했다.

그는 조금 전에 흑룡당주가 보이지 않는다는 것과, 단운비에게 당한 수하들 몸이 녹아서 한 줌의 혈수가 된다는 보고를 받았었다.

그래서 그는 단운비가 제압해서 심문한 자가 흑룡당주일 것이라고 추측했다.

왜냐하면 ‘삼천혈세록’에 대해서 알고 있는 것은 자신과 용호쌍전주, 그리고 용호쌍전 휘하의 열 명의 당주들뿐이기 때문이다.

삼천존은 단운비가 당주를 제압해서 실토까지 받아냈다는 사실에 약간 놀랐으나 그것 때문에 그를 더 높이 평가하게 되었다.

그래서 무슨 일이 있어도 단운비를 초특급살비로 키우겠다고 다짐했다.

“이러면 어떻겠느냐?”

그의 목소리는 용호쌍전주가 일찍이 들어보지 못했을 정도로 부드러웠다.

　"팔대지옥계를 통과하는 동안, 그리고 그 이후에도 너와 네 아내 두 사람을 부부로 인정하고 일체의 편의를 제공해 주겠다. 물론 네가 원하는 것 역시 무엇이든 들어주겠다."

　파격이다. 그냥 때려잡아서 팔대지옥계에 내던지면 될 텐데도 삼천존은 단운비에게 최고의 특혜를 제의한 것이다.

　삼천존이 이러는 이유는 단 하나다. 단운비가 마음에 쏙 들었기 때문이다.

　그의 몸을 직접 만져보지는 않았으나, 한눈에도 보기 드문 무골임이 확실했다.

　또한 준수한 용모에 빈틈없는 성격, 높은 교육을 받은 것이 분명한 반듯한 언행까지 마음에 들었다.

　"원하는 것은 무엇이든지?"

　단운비의 물음에 삼천존은 그의 마음이 움직이는 것이라고 여겨 흡족하게 고개를 끄덕였다.

　"오냐. 무엇이든 들어주마."

　"그렇다면 우리를 보내다오."

　삼천존은 기대에 어긋나는 대답을 듣자 회색의 눈썹을 가볍게 찌푸렸다.

　"너희 둘이 살비가 되는 수련을 받는다는 전제하에서의 조건이다."

　"그런 일은 절대 없을 것이다."

　단운비의 얼굴에 완고한 표정이 떠올랐다.

그러나 한소진의 마음은 조금 흔들렸다. 그녀와 단운비는 아직 부부는 아니지만 부부나 다름이 없는 관계다.

그녀는 단운비와 함께 있을 수만 있다면 지옥이라고 해도 행복할 것이라는 생각은 지금도 변함이 없다.

그래서 삼천존이 그런 제의를 했을 때 내심 단운비가 받아들이기를 바라는 마음이었다.

하지만 그가 단호하게 거절을 하자 그녀도 그런 제의 따윈 머릿속에서 깡그리 지워 버렸다.

여필종부(女必從夫). 단운비가 무슨 결정을 내리든, 그가 어떤 명령을 내리든 목숨을 걸고 따를 준비가 되어 있는 한소진이다.

삼천존은 단운비를 순순히 따르게 하려는 미련을 아직 버리지 못했다.

"보다시피 너는 날개가 있다고 해도 이곳에서 빠져나가지 못한다. 그렇다면 어떻게 행동하는 것이 현명한지 한번 생각해 보기 바란다."

단운비는 양손에 쥐고 있던 한 쌍의 독각도를 품속에 넣었다가 빼고는 뒷짐을 지면서 다부진 표정을 지었다.

"마음대로 해봐라."

삼천존은 그가 무기를 집어넣는 것을 보고 체념한 것이라고 짐작했다.

또한 그는 단운비가 괜한 투정 같은 것을 부린다는 생각에 빙그레 미소를 지었다.

"내 제안을 다시 한 번 생각해……."

그러나 그는 말끝을 흐려야만 했다.

전면 눈 아래에 서 있던 단운비가 느닷없이 왼쪽으로 화살처럼 달려갔기 때문이다.

그의 표정이 굳어질 때 단운비의 모습이 시야에서 사라졌다. 이층과 삼층의 튀어나온 낭하에 가려서 보이지 않게 된 것이다.

조금 전에 단운비는 쥐고 있던 한 쌍의 독각도를 품속에 넣으면서 양손에 최대한 많은 혈와각을 움켜쥐고는 뒷짐을 졌었다.

그리고는 지금쯤이면 적들의 경계심이 한풀 누그러졌을 것이라 판단하고 몸을 날렸다.

오른쪽을 택한 것은 튀어나온 낭하 때문에 삼천존이 자신을 보지 못할 것이라고 생각했기 때문이다.

단운비의 갑작스런 행동은 과연 적들의 허를 찔렀다.

그가 백운비행을 전력으로 전개하여 쏜살같이 곧장 부딪쳐 가자 그곳에 서 있던 첫째 줄의 청룡검수들은 움찔하며 놀라는 표정을 지었다.

단운비가 서 있던 곳에서 첫째 줄의 청룡검수까지의 거리는 칠팔 장 정도다.

그런데 그는 한 호흡 만에 오 장여를 좁히면서 양손을 전면을 향해 흩뿌렸다.

순간 그의 손가락 사이에 끼워져 있던 여섯 개의 혈와각이 허공을 갈랐다.

전력으로 쏘아가며 이 장이라는 가까운 거리에서 발출하는 혈와각을 청룡검수들은 피할 재간이 없었다.

"커억!"

"크윽!"

단운비가 쏘아가는 전방의 청룡검수 여섯 명이 한결같이 미간에 혈와각이 꽂혀 뒤로 두세 걸음 물러나다가 우르르 쓰러졌다.

그들은 자신들이 무엇에 적중되었는지도 모른 채 쓰러지면서 숨이 끊어졌다.

다시 여섯 개의 혈와각을 양손에 쥔 단운비는 조금도 속력을 늦추지 않고 달려가면서 두 번째 혈와각을 발출했다.

두 번째 줄의 혈룡검수들은 앞줄에 가려 있어서 무슨 상황인지 잘 모르고 있다가 그들 역시 하나같이 미간에 혈와각이 적중되어 우르르 쓰러졌다.

단운비의 손가락 사이에는 어느새 여섯 개의 혈와각이 또다시 끼워졌다.

그가 처음에 양손에 움켜쥐고 있던 혈와각의 수는 각각 십여 개씩이었다.

그의 손은 워낙 크기 때문에 움켜쥐고 있으면 손 안에 무엇이 들었는지 알 수가 없다.

그는 신형을 날리면서 손 안에 있던 혈와각들을 손가락 사이에 세 개씩 끼웠고, 그것들을 발출한 직후에 재빨리 다시 여섯 개의 혈와각을 손가락 사이에 끼웠다.

일 년여 동안 자나깨나 혈각비만 연습한 그에게는 너무도 손쉬운 일이다.

단운비의 손에서 세 번째 혈와각이 발출됐고, 직후에 세 번째이자 마지막 포위망을 형성하고 있는 자들 중에 여섯 명이 거꾸러지면서 포위망 일각이 무너졌다.

찰나지간이지만 세 겹의 포위망이 뻥 뚫렸다. 그리고 그 사이를 단운비가 한줄기 바람처럼 통과해 버렸다.

세 번째 포위망에서 벽까지의 거리는 오 장여.

단운비는 전각의 바깥이 독천처럼 철갑으로 씌워져 있지 않기를 간절하게 바라면서 공력을 극한으로 끌어올려 벽을 향해 돌진했다.

휘이익!

적들이 파도처럼 단운비를 추격했으나 따라잡기에는 거리가 너무 멀었다.

단운비는 벽이 점차 가까워지자 어금니를 지그시 악물고 한소진에게 일렀다.

"진아, 꼭 잡아라."

한소진은 온몸을 단운비에게 밀착시키면서 얼굴을 그의

등에 꼭 묻었다.

다음 순간 그는 오른쪽 어깨에 전 공력을 집중시키고 그대로 벽을 들이받았다.

우지끈!

둔탁한 음향과 함께 두께 반 자 정도의 나무 벽에 구멍이 뻥 뚫리며 단운비는 전각 밖으로 튀어나갔다.

제일 먼저 바다의 비릿한 냄새가 확 끼쳐 왔다.

'밖이다!'

그다음에 갑판과 바다가 한눈에 들어왔다. 수평선 까마득한 곳은 피를 뿌린 것처럼 붉게 물들어 있었다. 동이 트고 있는 중이었다.

第二十七章

오빠 사랑해

풍림화산

휘이익!

단운비는 사력을 다해서 난간을 향해 쏘아갔다. 대전 안에 있던 적들이 추격을 할 테니 작은 배를 띄우려던 계획은 포기할 수밖에 없다.

어쨌든 한소진을 구했으니 맨몸으로 바다에 뛰어든들 무에 대수겠는가.

단운비는 혼자 남게 된 이후, 자신에게 한소진이 얼마나 소중한 존재인지를 깨닫게 됐다.

그리고 독천에 잠입하여 그녀를 구하는 과정에서 한소진이 자신의 인생 자체이며 목표라는 사실을 새롭게 깨달았다.

한소진이 느꼈던 것, 단운비와 함께라면 지옥이라고 해도 행복할 것이라던 마음을 단운비도 뒤늦게 느끼게 되었다.

난간까지는 오 장여밖에 남지 않았다. 단운비와 한소진의 얼굴 가득 기쁨이 피어났다.

그러나 기쁨은 찰나보다 더 짧았다.

쏴아아!

그 순간 단운비는 머리 위에서 파도 소리 같은 음향이 터지는 것을 듣고 흠칫 불길함이 뇌리를 스쳤다.

휘익! 휙! 휘익!

다음 순간 열 명의 남의인들이 단운비가 달려가고 있는 앞쪽에 나란히 내려섰다.

그들은 단운비하고는 비교도 할 수 없을 정도로 빠른 경공을 펼쳤다.

그들 열 명은 죽 늘어서서 인(人)의 벽을 쳤다.

하지만 포기할 단운비가 아니다.

타앗!

그는 달려가던 속도를 빌어 발끝으로 힘껏 바닥을 박차고 비스듬히 허공으로 솟구쳤다. 남의인들의 머리 위로 날아서 넘으려는 것이다.

숙!

그러자 단운비가 쏘아가는 쪽 아래에 서 있던 세 명의 남의인이 불쑥 수직으로 솟구쳐 올랐다.

그 속도가 얼마나 빠른지 단운비가 일 장을 날아가기도 전
에 그들은 삼 장이나 솟구쳐서 앞을 가로막았다.

찰나 단운비는 다급히 허리를 비틀어 오른쪽으로 방향을
바꾸었다. 그들을 피해서 난간을 넘으려는 것이다.

휘익!

남의인들과의 거리는 겨우 일 장 남짓. 쏘아가던 단운비가
급격히 방향을 틀었으니 제아무리 경공이 뛰어나다고 해도
어쩔 수 없을 것이다.

그러나 단운비의 마지막 임기응변마저도 수포로 돌아가고
말았다.

스으으…….

허공으로 솟구친 세 명의 남의인 중에서 오른쪽과 복판 두
명이 허공에 뜬 상태에서 마치 떨어져 나온 꽃잎이 바람에 흩
날리듯 오른쪽 수평으로 순식간에 이동을 해서 단운비의 앞
을 가로막아 버린 것이다.

실로 혀를 내두를 만한 경공술이다.

그런데 그뿐이 아니다.

허공중에 철벽처럼 가로막고 선 두 명의 남의인 중 한 명이
어깨의 검을 뽑지도 않은 채 손바닥을 활짝 펼쳐서 앞으로 쭉
내밀었다.

쏴아아!

그러자 한줄기 강맹한 경기(勁氣)가 단운비를 향해 일직선

으로 파도처럼 몰아쳐 왔다.

장력(掌力)이 아닌 장풍(掌風)을 전개하려면 최소한 팔십 년 이상의 공력을 지녀야만 한다.

그로 미루어 남의인들은 팔십 년 이상의 공력 소유자가 분명했다.

단운비는 그야말로 필사적이었다. 마지막 한 발자국만 더 가면 되는데, 이런 상황에서 절망의 피눈물을 흘릴 수는 없는 것이다.

그는 양손에 남아 있는 대여섯 개의 혈와각을 남의인을 향해서 힘껏 흩뿌리듯이 발출하는 것과 동시에 쌍장을 활짝 펼쳐서 소양신장을 전개했다.

파아아!

그러나 혈와각들은 남의인의 장풍을 뚫지 못하고 오히려 모조리 튕겨져 날아갔다.

단운비의 공력이 약한 것이 아니라 남의인들의 공력이 그보다 훨씬 고강하기 때문이다.

삼백여 년 전에 사라진 신비 문파 소양문의 절학인 소양신장은 최소한 구십 년의 공력이 있어야 위력을 발휘한다.

육십 년 공력을 조금 상회하는 단운비는 수중 동굴에서 소양신장을 연마하면서 한 번도 장풍을 만들어내지 못했다.

그러나 지금과 같은 절박한 순간에 사력을 다한 소양신장은 기적적으로 장풍을 만들어냈다.

그의 쌍장에서 흐릿한 붉은 기운의 기류가 쭉 뿜어졌다.

퍼엉!

다음 순간 두 줄기 장풍이 격렬하게 충돌했다.

"허윽!"

그러나 단운비는 두 팔이 부러지고 가슴이 쪼개지는 듯한 충격을 받으면서 뒤로 쏜살같이 튕겨 날아갔다.

'안 돼.'

날아가면서도 그는 내심 처절하게 부르짖었다.

천신만고 끝에 한소진을 구해서 갑판으로 나왔으며, 이제 몇 걸음만 더 가면 자유의 몸이다.

그런데 여기에서 더 나아갈 수 없다니, 그는 장풍을 교환하면서 얻은 고통보다도 절망감으로 얻은 더 큰 고통 때문에 가슴이 갈가리 찢어지는 것 같았다.

쾅!

남의인과의 일장 교환에서의 반탄력이 얼마나 막강한지 그는 화살처럼 튕겨 날아가서 방금 나온 독천각 이층 벽을 뚫고 다시 안으로 들어가 바닥에 나뒹굴었다.

원래 이층 낭하에는 황룡검수와 백룡검수들이 있었으나 지금 그들은 이층의 문을 통해서 갑판으로 나가려고 여러 개의 문 주위에 몰려 있는 상황이었다.

그래서 벽을 뚫고 들어온 단운비는 아무도 없는 낭하 바닥에 나뒹굴었다.

그러자 문 쪽에 몰려 있던 적들이 단운비를 발견하고 우르르 벌 떼처럼 몰려왔다.

단운비의 입과 코에서는 검붉은 피가 꾸역꾸역 흘러나왔다. 방금 일장의 교환으로 인해서 가볍지 않은 내상을 입은 것이 분명했다.

또한 온몸에 힘이 쭉 빠지고 마디마디가 부서지는 듯이 고통스러웠다.

그는 시뻘겋게 충혈된 눈으로 낭하의 난간을 붙잡고 일어서며 주위를 두리번거렸다.

적공지탑기훼호(積功之塔豈毁乎). 공든 탑이 어찌 쉽사리 무너지랴.

절대 이대로 포기할 수는 없다. 죽더라도 탈출을 멈추지 않으리라. 그는 어금니를 악물었다.

벌떡 일어난 그는 가까운 벽에 걸려 있는 유등을 집어 몰려오고 있는 적들을 향해 집어던졌다.

챙!

적 한 명이 엉겁결에 검으로 유등을 쳐내자 벽과 바닥에 기름이 뿌려지면서 삽시간에 불이 확 붙었다.

적 서너 명은 옷에 붙은 불을 끄느라 멈춰 섰다. 그 바람에 그쪽 방향에서 몰려오던 적들은 주춤했다.

단운비는 칠팔 장쯤 떨어진 곳의 다른 방향의 문에 몰려 있던 적들이 달려오는 것을 발견했다.

그는 또다시 다른 유등을 집어 그곳으로 집어던졌다.

팍!

달려오던 선두의 적도 급히 검으로 유등을 쳐냈다.

유등이 튕겨지고 깨지면서 기름과 불길이 적들의 몸 위로 쏟아져 내렸다.

"으왓!"

"와악!"

졸지에 몸에 불이 붙은 적들은 우왕좌왕하며 불을 끄느라 법석을 떨었다.

"으으……."

단운비는 난간을 짚고 비틀거리면서 가슴을 움켜잡았다.

"오빠……."

한소진의 얼굴에 안타까움이 가득 떠올랐다.

"나는 괜찮다."

단운비는 기운을 내려고 한차례 크게 심호흡을 했다.

"윽!"

그러자 기다렸다는 듯 가슴이 칼로 저미는 것처럼 고통스러워서 자신도 모르게 신음을 터뜨렸다.

화르르르!

단운비의 양쪽 낭하에 불길이 거세져서 적들은 얼씬도 하지 못했다.

그는 재빨리 주위를 살폈다. 삼천존을 찾으려는 것이다.

그때 그의 눈이 약간 커졌다. 오른쪽 삼십여 장 거리의 삼층에서 용전주와 호전주 두 명이 곧장 이곳으로 날아오는 것을 발견했다.

아무리 수평비행이 아니라 삼층에서 이층으로 비스듬히 하강하면서 날아오는 것이라고 해도 무려 삼십여 장 거리인데, 용호 두 전주는 단번에 날아올 기세다.

마음이 급해진 단운비는 자신이 뚫고 들어온 벽을 통해 바깥 아래쪽을 내려다보았다.

열 명의 남의인들은 갑판 건너 난간 가에 일렬로 늘어서서 이쪽을 주시하고 있었다. 단운비가 밖으로 나오기를 기다리고 있는 것이다.

그리고 대전 안에서 쏟아져 나간 용전 오룡당의 고수 수백 명이 갑판에 넓은 포위망을 형성하고 있는 것이 보였다.

그가 있는 곳에서 난간까지의 거리는 약 십여 장쯤이다.

그렇지만 그의 능력으로 십여 장을 단 한 번에 날아가는 것은 불가능하다.

설혹 운이 좋아서 난간까지 한 번에 날아간다고 해도 열 명의 남의인들이 가만히 보고만 있을 리가 없다.

그렇다고 이곳에 있다가는 용호 두 명의 전주와 황룡, 백룡 고수들에게 당하고 말 것이다.

더구나 삼천존이 직접 나선다면 어떻게 해보지도 못하고 모든 것을 포기해야만 할 것이다.

일개 수하로 보이는 남의인들이 저렇게 고강한데, 용호 두 명의 전주나 삼천존의 무위는 직접 겪어보지 않아도 짐작할 수 있었다.

어쨌든 싸우더라도 전각 밖에서 싸워야지만 기회를 엿봐서 바다로 뛰어들 수 있다. 전각 안에서 싸우는 것은 하책 중에서도 하책이다.

'위다!'

순간 좋은 생각이 번쩍 든 단운비는 즉시 구멍으로 빠져나가 바깥 쪽 벽을 타고 위로 기어오르기 시작했다.

오르면서 위를 올려다보니 전각의 높이가 까마득하다. 더욱 잘된 일이다.

높으면 높을수록 좋다. 최대한 빨리 높은 곳으로 기어올라 바다 쪽으로 뛰어내린다면 낙하를 하는 것이므로 단 번에 십여 장을 날아갈 수 있을 테고, 적들도 속수무책일 수밖에 없을 것이다.

그는 세 호흡 만에 사층까지 빠르게 기어올랐다. 그러나 아직 부족하다.

최소한 칠팔층까지는 올라가야지만 단번에 바다로 뛰어들 수 있을 것이다.

놈들이 뒤쫓아서 올라와도 자신을 따라잡을 수는 없을 것이라고 판단했다.

제아무리 남의인들이라고 해도 바닥에서 단번에 사층까지

오르지는 못할 것이다.

휘잉!

그가 사층에서 오층으로 오르고 있을 때, 갑자기 등 뒤에서 묵직한 파공음이 흘렀다.

움찔해서 뒤돌아보는 단운비의 눈이 부릅떠졌다.

두 명의 남의인이 그와 같은 높이 허공에 나란히 떠올라 있는데, 그중 한 명이 오른손을 쭉 뻗어 예의 그 위력적인 장풍을 발출한 것이다.

피할 수가 없다. 장풍이 너무 빠르다. 그리고 벽에 매달려 있기 때문에 동작이 굼뜰 수밖에 없다.

하지만 이대로 있다가는 한소진이 장풍에 적중되어 즉사하고 말 것이다.

다른 적들은 단운비와 한소진을 죽이지 않으려고 애를 썼는데 남의인은 다르다. 죽이려는 듯이 가차없이 살수를 전개하고 있다.

어쩌면 그것이야말로 단운비와 한소진을 산 채로 생포하려는 고단수인지도 모른다.

단운비가 가만히 있다가 죽지는 않을 것이라는 사실을 간파하고 있다는 뜻이다.

탁!

단운비는 어쩔 수 없이 잡고 있는 손을 놓아야만 했다.

몸이 빠르게 아래로 하강했다. 적들이 아래쪽으로 개미 떼처럼 모여들고 있는 것이 보였다.

그는 품속에 두 손을 넣었다가 빼면서 아래를 향해 재빨리 흩뿌렸다.

십오륙 개의 혈와각이 아래를 향해 부챗살처럼 쫙 펼쳐지면서 쏘아갔다.

몰려드는 자들이 워낙 많아서 겨냥을 하지 않고 눈짐작으로 대충 뿌렸다.

답답한 신음 소리와 함께 혈와각에 맞은 십여 명이 비틀거리면서 물러났다.

혈와각이 급소에 적중하면 그 자리에서 즉사한다. 아니, 비단 혈와각만이 아니라 다른 암기라도 급소에 맞으면 즉사하게 마련이다.

그러나 혈와각은 급소가 아니라 피부에 살짝 스치기만 해도 죽는다.

단지 즉사가 아니라 다섯 호흡 정도 비틀거리다가 죽는 것이 다를 뿐이다.

단운비는 바닥에 닿기 전에 또다시 십오륙 개의 혈와각을 빙그르르 회전하면서 뿌리듯이 발출했다.

이번에는 웬만큼 겨냥을 했기 때문에 십이삼 명이 거의 급소에 적중되어 와르르 쓰러졌다.

쿵!

내상을 입은데다 공력이 많이 허비된 단운비는 묵직하게

바닥을 울리며 내려섰다.

그가 서 있는 주위의 적들은 혈와각에 적중되어 쓰러졌거나 비틀거리는 자들뿐이다.

잠시 동안이겠지만, 단운비 주위에는 죽은 자들과 곧 죽게 될 자들만 있다.

하지만 그 공간은 지름 이 장 정도로 아주 좁다. 그 바깥에는 수백 명의 적이 여전히 겹겹이 포위망을 형성하고 있다.

역겹고 추악하고 가증스러운 자들. 단운비는 갑자기 극심한 구토를 느꼈다.

악한 짓을 하는 자는 죽어 마땅하지만, 그 졸개들은 그것이 악한 짓인지도 모르고 행하기 때문에 불쌍하다. 무지하기 때문이다. 그래서 더 가증스럽다.

단운비는 날카롭게 주위를 쓸어보면서 호흡을 가다듬으며 어떻게 할 것인지 궁리했다.

그가 항주성에 버려지기 전까지의 삶은 낙오자의 그것이었으나, 그 이후의 삶은 맹렬하고 치열했다. 그때부터 그는 포기라는 것을 모르는 성격으로 변모했다.

지금도 그렇다. 그는 절대 포기하지 않는다. 포기라는 것은 죽음보다 더 무책임하고 나약한 것이다.

화르르!

그때 그의 등 뒤가 뜨거워지면서 거센 소리가 들렸다.

단운비가 움찔 놀라 급히 뒤돌아보니 전각 벽 한쪽이 맹렬하게 불타고 있었다.

　조금 전에 전각 안 이층 낭하에 붙었던 불이 짧은 시간에 전각의 한쪽 벽 일층에서 삼층까지를 세차게 태우고 있는 것이다.

　모든 일이 악재인 가운데 그나마 불길 하나가 단운비를 도와주고 있다.

　거선 독천이 다 타버리면 탈출하는 것이 수월하겠지만, 이 정도 작은 불길이 독천의 절반을 태우려면 최소한 몇 시진은 기다려야 할 것이다. 그전에 불을 끄면 그것마저도 기대할 수 없다.

　단운비는 불타는 벽을 등진 채 몇 걸음 앞으로 걸어나갔다. 불길에 한소진이 잘못될까 봐 염려해서다.

　불타는 벽을 제외한 다른 방향을 적들이 엄밀하게 에워싼 채 꼼짝도 하지 않고 서 있다.

　단운비는 초조해졌다. 서로 움직이지 않으면 손해를 보는 것은 단운비 자신이다.

　적들은 하등 손해 볼 것이 없다. 그들은 이런 식으로 그저 기다리기만 하면 될 터이다.

　조금 전에 혈와각에 맞아서 죽은 자들 이십여 명의 시체가 녹기 시작하면서 역겨운 악취가 풍겼다.

　단운비는 전면을 쏘아보았다. 몇 겹의 포위망 뒤쪽에 열 명의 남의인이 일렬로 늘어서 있다.

그들이 있는 한 전면을 뚫는 것은 불가능하다. 그렇지만 단운비가 좌우 어느 쪽으로 가든 남의인들은 즉시 그쪽을 가로막을 것이다.

'혼전(混戰)이다.'

적들과 한 덩이로 뒤섞여서 싸우면 피아(彼我)를 구별하기 어려울 것이다.

바로 그때 기회를 틈타서 전력으로 바다를 향해 달려가면 승산이 있다고 생각했다.

어딘가에 있을 삼천존은 아직 모습을 드러내지 않고 있다. 수하들이 단운비와 한소진을 잡아오기를 느긋하게 기다리고 있을 게다.

용전 두 명의 전주는 아마도 전각 안에서 불을 끄는 것을 지휘하고 있는 모양이다.

결정을 내렸으면 실행으로 옮긴다. 잠시 쉬었더니 내상도 어느 정도 가라앉았다.

타앗!

순간 단운비는 느닷없이 왼쪽 선미를 향해 전속력으로 쏘아 나갔다.

그러면서 품속에서 양손에 한 움큼씩의 혈와각을 꺼내 전방을 향해 흩뿌렸다.

휘익!

적 대여섯 명이 혈와각에 맞아서 비틀거리는 사이를 단운비가 뚫고 내달렸다.

포위망 속에 파묻혔다고 여기는 순간 달리는 속도를 늦추며 한 쌍의 독각도를 뽑아 들었다.

속도를 늦춘 잠깐 사이에 적들이 벌 떼처럼 달려들며 공격을 퍼붓기 시작했다.

적의 우두머리가 공격을 하지 말고 포위만 하고 있으라고 명령했는지는 모른다.

하지만 두 가지가 그들로 하여금 그 명령을 잠시 잊도록 만들었다.

첫째, 자신들의 눈앞에서 동료들이 죽어가는 모습.

둘째, 단운비가 포위망을 뚫고 있다는 사실.

명령을 지키고 있다가는 표적이 탈출하고 만다.

적들의 공격은 단운비가 바라던 바다. 그는 속도를 조금 더 늦추었다.

그렇지만 멈춰서는 안 된다. 어떻게든 선미 쪽으로 조금씩이라도 이동을 해야만 한다.

이곳에서는 바다가 한쪽 방향뿐이지만, 선미에서는 삼면이 바다다. 그것은 기회가 그만큼 많아지고 탈출할 가능성이 더 높다는 뜻이다.

혼전을 벌이는 동안에는 혈각비를 사용해서는 안 된다. 적들이 무더기로 쓰러지면 벽이 사라진다. 그렇게 되면 가장 두려운 적 남의인들의 눈에 띈다.

또한 싸움을 팽팽하게 이끌고 나가야 한다. 그럴 리는 없겠지만 단운비가 우세해지면 그 역시도 남의인들이 가세할 것이기 때문이다.

그런 일이 일어나지 않도록 싸움에 세심한 주의를 기울이면서 선미 쪽으로 이동해야만 한다.

휘익! 휙! 휙!

단운비가 한 쌍의 독각도를 휘두르는 속도가 점점 더 빨라지고 어지러워졌다.

전후좌우에서 몰려드는 적들이 점점 더 많아지고 있기 때문이다.

그들의 머리 너머로 선미가 살짝 보였다. 대략 십오륙 장의 거리다. 조금만 더 이대로 싸움을 끌고 가면 된다.

그런데 싸움이 점점 더 치열해지고 있다. 동료들이 눈앞에서 죽어가는 모습을 목격한 적들은 빠른 속도로 이성을 잃어가고 있었다.

그래서 단운비와 한소진이 삼천존의 소중한 재산이라는 사실을 망각하고 있다.

좋아. 그러는 편이 오히려 단운비로서도 싸움을 하기가 훨씬 수월하다.

상대를 다치지 않게 하려면 최대한 자제를 하면서 대강대강 초식을 전개할 수밖에 없다.

하지만 상대를 죽이려면 적극적으로 싸운다. 그래야지만

허점이 더 많이 노출된다.

쏴아아!

쐐액! 패애액! 쉬이익!

그런데 단운비가 원하는 한계점을 넘어서고 있었다. 남의 인들이 보지 못하게 적들이 에워싸는 것은 좋은데, 이것은 너무 지독한 공격이다.

적들의 무기에서 나는 소리가 마치 파도 소리나 대나무 숲에서 거세게 몰아치는 강풍 같다.

단운비의 양손은 마치 풍차를 돌리는 것처럼 맹렬하게 회전하면서 난파풍십이검을 전개하고 있었다.

하지만 한계라는 것이 있다. 그리고 초식이라는 것은 박자가 있다.

정말로 뛰어난 고수, 즉 절정고수는 그 박자에 구애를 받지 않고 초식을 전개한다.

하지만 대다수 무림인들은 초식의 변화와 변화의 일정한 박자의 범주를 벗어나지 못한다.

즉, 단운비는 아무리 양팔을 빨리 움직여도 두 호흡에 한 초식, 한 호흡에 한 변화를 전개할 수밖에 없다.

반면에 적의 공격은 단운비의 호흡과 박자하고는 무관하게 쏟아지고 있다.

언제 어느 때든 전후좌우에서 찌르고, 베며, 자르면서 공격을 퍼붓는다.

지금 적의 공격은 단운비가 전개하는 초식과 변화의 박자를 끊고 있으며, 단운비의 능력은 한계에 이르고 있다.

더구나 아까 입은 내상 때문에 움직일 때마다 가슴과 옆구리가 조각나는 것처럼 고통스럽다.

결국 단운비는 대체 수단을 발휘하기 시작했다. 한 쌍의 독각도로는 난파풍십이검을 전개하면서, 두 발과 팔로 대라십팔산수를 전개했다.

난파풍십이검을 전개하는 것은 두 손이고, 최종적으로는 독각도이다.

손에 붙어 있는 손목과 팔, 팔꿈치, 어깨는 독각도를 따라다니면서 쉬고 있다. 그것을 활용하자는 것이다.

퍼픽!

빡!

따닥!

더 이상 완벽할 수 없을 경지에 오른 대라십팔산수가 전개되자 주변에 있던 적들이 우수수 튕겨지며 쓰러졌다. 단 한 번의 움직임에 적 네 명이 나가떨어졌다.

실전은 무엇보다도 훌륭한 스승이라는 말이 맞다. 단운비는 독천에 잠입한 이후 싸우는 과정에서 지난 일 년 동안 배운 것과 맞먹는 경험을 터득하고 있었다.

두 손에 쥐고 있는 한 쌍의 독각도와 손목, 팔꿈치, 어깨, 양발, 무릎이 제각기 따로 움직이면서 적들을 부수는 광경은,

지금 같은 처절한 싸움이 아니었다면 모두를 감탄하게 만들었을 것이다.

독각도와 팔과 발을 통해서 전해져 오는 둔탁한 타격감(打擊感)과 타격음.

그리고 찌르고 때리면서 어떤 것은 즉사, 또 어떤 것은 중상이라는 사실을 훤히 알 수가 있다.

또 그 느낌을 생생하게 느끼는 것은 이 지긋지긋한 싸움에서 얻어지는 유일하면서도 아주 작은 보상이다.

독각도와 팔다리에 맞아서 나가떨어지는 자들을 보면서 언젠가부터 단운비의 입가에 흐릿한 미소가 떠올랐고, 두 눈에서 기이한 안광이 흘러나왔다.

광기(狂氣)다. 더 정확하게 말하자면 가슴을 저미는 희열에 의한 광기다.

이런 상황에서 희열을 느끼고 광기가 발작을 일으키다니…….

그리고 어느 순간에 그는 그것을 깨달았다.

'이런 맙소사…….'

깨닫는 순간 손발이 느려졌다. 그리고 악마의 혓바닥처럼 사방에서 공격이 쏟아졌다.

쏴아아!

"우웃!"

단운비는 허둥거렸다. 초식을 전개하면서 적들을 죽이던

감을 한순간에 잃어버렸다.

불행하게도 그는 보법을 익히지 못했다. 그래서 미친 듯이 두 발과 몸을 이리저리 움직이면서 공격을 피했다.

그 와중에 팔과 허벅지, 옆구리를 찔리고 베었다. 중상은 아니지만 가볍지도 않은 상처다.

희열과 광기의 대가는 매서웠다.

쉭!

그 순간 그는 등 뒤에서 곧장 찔러오는 날카로운 예기를 감지했다.

굳이 뒤돌아보지 않아도 그대로 있다가는 한소진이 찔리고 말 것이라는 사실을 직감할 수 있었다.

피해야 하는데 그럴 여유가 없다. 또한 어설프게 피하다가는 한소진이 찔릴지도 모른다. 그녀를 담보로 모험을 할 수는 없다.

단지 한소진이 자신의 등 오른쪽에 뺨을 대고 있다는 사실만 어렴풋이 알고 있을 뿐이다.

푹!

단운비는 반사적으로 상체를 슬쩍 뒤틀었고, 그 순간 검이 그의 왼쪽 등을 깊숙이 찔렀다.

“……!”

한소진은 자신의 목 뒤에서 난 소리와 서늘한 감촉을 느끼고 급히 얼굴을 들고 그쪽을 쳐다보다가 눈이 화등잔처럼 커졌다.

자신의 코앞에 한 자루 번뜩이는 검신이 가로질러 있는 것을 발견한 것이다.

커다래진 그녀의 눈 안에서 까만 눈동자가 검신을 따라 사르륵 굴렀다.

그리고 그것이 찌르고 있는 것이 단운비의 등이라는 사실을 발견하고 심장이 터져 버릴 정도로 놀랐다.

츄욱!

한소진이 보고 있는 중에 검이 뽑히면서 단운비의 등에서 핏물이 쭉 뿜어졌다.

순간 한소진은 단운비의 가슴을 끌어안고 있던 두 팔을 빼는 것과 동시에 그의 어깨에서 검을 뽑았다.

창!

그리고는 단운비의 등을 찌르고 막 물러서고 있는 혈룡검수를 향해 검을 떨쳤다.

팍!

혈룡검수의 목이 뎅겅 베어져서 수급이 허공으로 솟구쳤다.

한소진은 재빨리 몸을 돌려 단운비와 등을 맞댔다.

이제부터 배후의 적들은 그녀가 상대할 생각이다. 왜 여태껏 그런 생각을 못했는지 후회가 밀려왔다.

그녀는 맹렬히 검을 휘두르면서 단운비와 엉덩이가 맞닿아 있어서 행동에 부자연스러움을 느꼈다. 그녀가 불편하면 당연히 단운비도 불편할 것이다.

그녀는 발끝으로 단운비의 장딴지를 딛고 조금씩 몸을 추슬러 올렸다.

궁둥이를 단운비의 허리에 걸치고, 두 다리로 그의 허벅지를 휘감아서 몸을 지탱했다. 그러니까 움직임이 한결 자유스러워졌다.

등지고 있지만 여전히 그에게 업혀 있기 때문에 그가 어딜 가도 함께 이동할 수가 있다.

단지 옷 한 벌로 묶여 있을 뿐인데, 그런 동질감이 그녀를 무척 편안한 기분으로 만들었다.

단운비는 한소진이 크게 염려가 됐다. 그녀가 성치 않은 상태이기 때문이다.

하지만 그녀가 배후를 맡고 있으니 큰 짐을 덜었다. 이제 그는 지금 이 상태로 적에게 둘러싸여 선미 쪽으로 이동만 하면 되는 것이다.

'거의 다 왔다.'

적들 사이로 선미의 갑판이 오륙 장 거리로 가까워진 것을 확인하고 더욱 힘을 냈다.

현재 그는 공력이 거의 고갈된 상태다. 지금 그를 지탱하고 있는 것은 공력이 아니라 초인적인 정신력이다.

처음에 싸움이 시작된 곳에서 이곳까지 그는 무려 삼십여 명 이상을 죽였다.

그러나 그들은 시체를 남기지 못했다. 조금 전에 죽은 시체를 제외하곤 모조리 녹아버렸다.

단운비가 입은 상처는 모두 십여 군데로, 몸에서 철철 피가 흐르고 있다.

다행히 급소는 피했으나 지혈을 하지 않는다면 출혈 과다로 심각한 상태에 처하게 될 것이다.

그래도 그는 끄떡도 하지 않고 한 걸음 한 걸음 선미 쪽으로 걸어가며 신들린 듯이 한 쌍의 독각도를 휘둘렀다.

그가 두 명의 적의 목과 심장을 찌른 직후,

푹!

한 자루 검이 우측에서 번개같이 그의 옆구리를 깊숙이 찔렀다.

그리고 그 검이 뽑히자 그는 자신도 모르게 몸을 크게 휘청거렸다.

"죽이지 마라!"

그때 허공에서 쩌렁쩌렁한 외침이 터졌다.

단운비가 힐끗 뒤돌아보니까 뒤쪽 허공에서 용전 두 명의 전주가 흡사 두 마리 비조처럼 허공을 쏘아오고 있는 모습이 보였다.

열 명의 남의인들도 있는데, 저 두 명마저 합세하면 탈출은 절대로 불가능해진다.

"으아아―!"

순간 단운비는 오른손으로는 미친 듯이 독각도를 휘두르면서, 왼손으로는 품속의 혈와각을 꺼내 전방을 향해 부챗살처럼 발출하며 사력을 다해서 달려나갔다.

적들이 독각도에 찔려서 피를 뿌리며 튕겨지고, 혈와각에 적중된 적들이 와르르 쓰러질 때 단운비도 몸의 몇 군데를 찔리고 베었다.

그러나 포위망이 뚫렸다. 그리고 그는 어느새 선미 갑판 한가운데에 들어와 있다.

남의인들이 어디에 있으며, 두 명의 전주가 어디쯤 왔는지는 모른다.

아는 것은 단 한 가지. 이제 무인지경의 저 갑판을 가로지르면 그 끝에 바다가, 자유가 있다는 사실뿐이다.

'가자!'

단운비는 속으로 부르짖으며 젖 먹던 힘을 짜내서 돌진하기 시작했다.

귓전에서 바람 소리가 쉬익! 쉬익! 들렸다.

선미 난간이 점차 가까워졌다.

삼 장, 이 장, 일 장······.

그의 입가에 미소가 번지기 시작했다.

지금 심정 같아서는, 이 지옥 같은 곳을 벗어나기만 하면 그토록 증오하던 부친마저도 용서할 수 있을 것 같았다.

아니, 자신을 이 지경으로 만든 모든 것, 얼마 전까지만 해도 원수라고 여겼던 자들까지도 모두 용서할 수 있었다.

자유를 찾기만 한다면…….

삭!

그때 달려가는 그의 옆구리 어림에서 뭔가 베어지는 소리가 미약하게 흘렀다.

그리고 그와 동시에 자신의 등에서 한소진이 떨어져 나가는 것이 느껴졌다. 두 사람을 단단하게 동여매고 있던 옷이 베어진 것이다.

순간 단운비는 벼락같이 손을 뒤로 뻗었다.

이심전심인가? 똑같은 순간에 한소진도 뒤를 향해 급히 손을 뻗었다.

그러나 두 사람은 아무것도 잡지 못했다.

두 사람 똑같이 왼손을 뻗었기 때문이다.

희망이 목전에 나타났을 때가 가장 위험하다는 사실을 단운비는 잠시 잊고 있었다.

쿵!

"오빠!"

한소진은 바닥에 떨어져 나뒹굴면서 하늘이 무너지는 느낌을 받고 절규를 터뜨렸다.

단운비는 급히 몸을 돌리며 신형을 멈추었다.

그의 시야에 저만치 바닥에 엎드린 한소진이 안타까운 얼굴로 그를 향해 손을 뻗고 있는 모습이 보였다.

얼마나 많은 적들이 그녀를 에워싸고 있는지는 보이지 않았다. 오로지 그녀의 안타까운 얼굴만 보일 뿐이다.

그러나 단운비는 걱정하지 않았다. 이제 난간까지는 거의 다 왔으니까 다시 돌아가서 그녀를 데리고 바다에 뛰어들기만 하면 된다고 생각했다.

"……!"

그런데 발밑이 허전했다. 그리고 그의 몸이 아래로 쑥 급속히 추락하기 시작했다.

찰나지간에 그의 눈높이가 바닥에 엎드려 있는 한소진과 같은 높이가 되었다.

그 찰나의 순간에 모든 것이 정지해 버린 듯하다.

눈물범벅이 된 한소진이 한껏 손을 뻗으면서 뭐라고 울부짖고 있는 모습이 너무도 선명하게 보인다.

그런데도 그녀가 뭐라고 울부짖는지는 한마디도 들리지 않는다.

귀가 먹먹하다.

단운비는 허우적거리듯이 손을 뻗었다. 그것이 난간이든 그 무엇이든 다시 한소진에게 돌아갈 수만 있다면 그게 설사 허공이라도 상관이 없었다.

그런데 어느 순간 시야에서 한소진의 모습이 씻은 듯이 사라지고, 그 대신 시커먼 철벽이 가로막혔다.

그것은 독천의 철갑을 두른 선체다. 단운비에게서 일 장이

나 앞쪽에 있다. 손을 아무리 뻗어서 허우적거려도 닿을 수
없는 거리다.

개구리처럼 헛바닥을 뿜어낼 수 있다면…….

'아아…….'

이것이 현실이라고는 믿어지지 않았다. 잠시 뭔가 착각을
한 것이라고, 꿈을 꾸고 있거나 헛것을 보고 있는 것이라는
생각이 들었다.

절대로 이대로 끝일 수는 없다. 정녕코 그렇다면 이것은 운
명이 미친 것이다.

그때 그의 머리 위 허공에서 찢어지는 듯한, 그러나 너무도
애절한 한소진의 외침이 들려왔다.

"오빠―! 사랑해―!"

'그런 말 하지 마라, 진아. 마치 영영 못 볼 것처럼, 그런 말
은 하는 것이 아니다, 진아.'

그렇게 속으로 아수성치면서도, 뜨거운 눈물이 솟구치는
것을 어쩔 수가 없다.

그녀와 헤어진 지 한 호흡도 안 되는데, 벌써 그녀가 죽도
록 보고 싶다.

어쩌라는 말이냐. 저 철없는 것을 데려가지 못해서 도대체
이 일을 어쩌라는 말이냐.

운명아…….

첨벙!

커다란 충격과 함께 단운비는 물에 떨어졌다.

그와 동시에 그는 결사적으로 독천을 향해 헤엄을 쳤다.

입과 코로 짜디짠 바닷물이 콸콸 쏟아져 들어와도 그는 멈추지 않고 사력을 다해 헤엄을 쳤다.

그런데 독천이 보이지 않는다. 보이는 것은 햇빛에 반짝이는 보석 같은 물의 알갱이다.

그는 빠르게 바다 속으로 가라앉고 있었다. 결사적으로 헤엄을 치는 것은 그의 정신일 뿐, 실상 그는 손가락 하나 까딱하지 못한 채 너무도 무기력하게 끝없이 아래로 아래로 가라앉고 있었다.

그는 자신이 너무 많은 상처를 입었으며, 공력이 완전히 고갈된 상태라는 사실을 모르고 있었다.

'진아…….'

그에게 한소진이 왔었던 것이, 그리고 헤어진 것이 한바탕 꿈인 양 싶었다.

인생이란 것이 그저 꿈이나 거품, 그림자 같은 몽환포영(夢幻泡影)이라더니…….

점점 정신을 잃어가는 그의 망막에 한소진이 절규하며 울부짖던 마지막 모습이 깊이 각인되고 있다.

척!

열 호흡 전에 단운비가 극도의 슬픔을 안고 넘어갔던 그 선미의 난간 위에 삼천존이 가볍게 내려섰다.

그의 얼굴은 보기 싫게 일그러져 있다. 그리고 그의 시선은 거선 독천이 수면에 흰 포말을 일으키면서 지나온 궤적을 따라 수십 장 뒤쪽을 향하고 있다.

"배를 돌려라!"

그는 수면에서 시선을 떼지 않은 채 나직한 목소리로 명령을 내렸다.

그 소리는 주위에 시립해 있는 모두의 귀에 천둥소리처럼 크게 들렸다.

독천이 크게 원을 그리면서 방향을 틀고 있다.

"그 녀석은 어떤 상태였느냐?"

그가 중얼거리듯이 묻자 뒤쪽에 시립해 있던 용호전주 중에 용전주가 공손히 보고했다.

"엄중한 중상을 입은 상태로 바다에 추락했습니다. 추락한 뒤로는 바다 속에 깊이 가라앉았습니다. 십중팔구 소생하지 못할 것입니다."

그러면서 그는 힐끗 후갑판 바닥으로 시선을 던졌다.

그곳에는 갑판을 가로질러 선미의 난간까지 일직선으로 핏물이 흥건하게 고여 있었다.

단운비가 흘린 피다. 인간이 그토록 많은 피를 흘렸다면 이미 죽었거나 살았어도 소생하지 못할 것이라고, 핏자국을 보는 사람들은 생각했다.

삼천존은 용전주의 시선을 따라 갑판 바닥의 핏물을 보다가 시선을 다른 곳으로 옮겼다.

그곳에는 한소진이 여러 명의 고수들에게 둘러싸인 채 바닥에 퍼질러 앉아 있었다.

그녀의 얼굴에는 아무런 표정도 떠올라 있지 않았다. 말하자면 생기가 없는 것이다.

삼천존은 잔인한 눈빛으로 한소진을 응시했다.

'사랑을 잃은 것인가…….'

한소진의 시선은 단운비가 추락했던 선미 뒤쪽 먼 허공에 초점없이 고정되었다.

그녀는 만약 단운비가 살아 있으면 자신을 구하러 올 것이고, 죽었으면 구하러 오지 못할 것이라고 나름대로 생각하고 있었다.

그러면서도 그가 반드시 자신을 구하러 올 것이라는 믿음을 가슴속 깊이 간직했다.

'오빠는 날 구하러 다시 올 거야.'

핏기없는 얼굴의 그녀가 지그시 입술을 깨무는 것을 아무도 보지 못했다.

'꼭…….'

第二十八章

창천해상단(蒼天海商團)

풍림화산

세 척의 커다란 거선이 일렬로 길게 늘어서서 항해를 하고
있다.

거선들의 한복판 가장 큰 전각의 꼭대기에는 하나같이 삼
각 깃발이 펄럭이고 있다.

삼각 깃발에는 '창천(蒼天)'이라는 두 글자가 뚜렷하게 수
놓아져 있었다.

이들 거선들은 돈벌이가 되는 곳이라면 어디든 가는 해상
선단(海商船團)이다.

먼 바다가 오늘처럼 잔잔한 경우는 드문 일이다. 그 위를
세 척의 해상선단은 유유히 미끄러져 가고 있다.

“우현에 무언가 있다!”

그때 선두의 상선 망루(望樓)에 있던 선원이 수면을 가리키면서 큰 소리로 외쳤다.

갑판에서 분주하게 오가면서 물건을 나르고 정리하던 사람들이 우르르 선원이 가리키는 방향의 난간 가에 몰려들어 바다를 굽어보았다.

“저기다!”

“사람이다!”

사람들이 한곳을 가리키며 소리쳤다.

배에서 이십여 장쯤 떨어진 잔잔한 수면에 희끗한 물체 하나가 둥둥 떠서 물결에 따라 이리저리 흔들리고 있는 것이 보였다.

수면에는 한 사람이 하늘을 향해 똑바로 누운 자세로 떠 있으며, 갈가리 찢어진 옷을 입었고 풀어헤친 긴 머리카락이 물결을 따라 일렁였다.

“죽었어.”

“시체로군.”

배가 가까이 다가가 좀 더 자세히 보게 되자 사람들이 또 한마디씩 했다.

“소선(小船)을 내려라.”

그때 한 사람의 낭랑한 목소리가 울리자 난간 가의 사람들이 모두 그쪽을 쳐다보았다.

모두의 시선을 한 몸에 받고 있는 그 사람은 전각의 삼층 난간에 서 있는 한 명의 여자였다.

일신에 불타는 듯한 몸에 착 달라붙는 홍의를 입었으며, 머리카락을 단정하게 빗어 머리 뒤쪽에 올려붙여 뒤쪽으로 길게 늘어뜨렸다.

손에는 한 자 길이의 붉은 윤기가 흐르는 막대기 같은 것을 쥐고 있다.

막대기 끝에는 가죽으로 만든 듯한 몇 가닥의 줄이 있는데, 그것을 손잡이 쪽으로 끌어당겨서 모아서 쥐고 있는 모습이다. 아마도 지휘봉 같은 물건인 듯했다.

십칠팔 세 정도 나이에 시원한 이마와 짙은 눈썹, 검고 깊은 눈을 지닌 눈이 번쩍 뜨일 만한 미모를 지녔다.

또한 약간 구릿빛으로 그을린 얼굴색이 그녀를 한층 건강하고 활달한 미인으로 보이게 해주었다.

"네, 소단주(小團主)!"

사람들, 즉 상단의 말단인 상보사(商步士)들은 힘차게 대답하고는 일사불란하게 움직여 바다에 소형 배를 띄우고 사다리를 타고 내려가서 배로 옮겨 타더니 능숙한 솜씨로 노를 저어 바다에 떠 있는 사람에게 다가갔다.

홍의소녀, 창천해상단(蒼川海商團)의 소단주 자미령(紫美玲)은 전각의 난간에서 바다를 굽어보았다.

바다에서 표류를 하는 배나 사람을 만나면 무조건 구해주고, 시체를 발견하면 건져서 후하게 장사를 지내주는 것이 모든 상단들의 불문율이다.

일 년 열두 달을 거의 바다를 떠다니면서 생활하는 해상단은 언제 풍랑이나 해적을 만나서 화를 입을지 모른다.

바다에서 화를 입는다는 것은 곧 죽음을 의미한다. 즉, 시체가 되어 바다를 떠다니는 신세가 된다는 뜻이다.

그러므로 해상단이 표류하는 배나 사람, 혹은 시체를 건져 장례를 치러주는 것은 많은 선행을 베풀어서 공덕을 쌓아 자신들에게 화가 닥치지 않으려는 의미고, 만약 화를 당했을 경우에는 자신들의 시체를 누군가가 수습해서 장례를 치러주기 바라는 마음에서다.

자미령은 소선이 시체를 건져와 상선으로 옮기는 것을 보고서야 전각에서 갑판으로 내려왔다.

갑판 바닥에 반듯한 자세로 눕혀져 있는 시체는 키가 크고 후리후리한 체구이며, 갈가리 찢어진 옷을 입었고, 얼굴과 손발이 창백하다 못해서 푸르스름한 빛을 띠고 있어서 누가 보더라도 시체가 분명했다.

"쯧쯧… 잘생긴 청년인데 젊은 나이에 죽다니……."

"관세음보살……."

청년을 둘러싼 상보사들 사이에서 안타깝다는 듯한 중얼거림이 흘러나왔다.

그때 상보사들 한쪽이 갈라지면 그곳으로 자미령이 가까

이 다가왔다.

조금 전과 달라진 모습이라면, 챙이 넓고 평평하며 복판에 구멍이 뚫린 모자를 쓰고 있다는 것이다.

그녀는 걸음걸이가 여자처럼 하늘거리지 않고 씩씩하면서도 당당했다.

그렇지만 몸에 찰싹 달라붙은 옷을 입었기 때문에 늘씬하고 풍만한 몸매가 고스란히 드러나는 것은 어쩔 수 없었다.

그러나 그녀가 그런 옷을 입는 이유는 활동이 편하다는 것 때문이지 자신의 몸매를 뽐내려는 의도는 추호도 없다.

만약 누군가 그런 사실을 말해주었다면 그녀는 죽을 때까지 절대로 몸에 붙는 옷을 입지 않을 터이다.

하지만 창천해상단 사람들은 유일한 여자이며 눈부시게 아름다운 자미령이 언제까지나 지금 같은 옷을 입고 있어주기를 간절히 바라고 있기 때문에 그녀는 영원히 그런 사실을 모르게 될 터이다.

자미령은 시체 옆에 쪼그리고 앉아서 머리에서 발끝까지 세밀하게 살펴보고 나서 아미를 가볍게 찡그렸다.

"이 사람은 지독히도 처참한 죽음을 당했군."

그녀의 말마따나 시체의 온몸은 성한 곳이라곤 찾아보기 어려울 정도로 만신창이였다.

얼굴, 상체, 팔, 다리에 도검으로 무수히 찔리고 베인 상처가 빼곡했다.

이윽고 자미령의 시선이 머문 곳은 시체의 얼굴이다.

"잘생겼군."

그녀가 적이 감탄하면서 중얼거려도 상보사들은 조금도 이상하게 생각하지 않았다.

그녀가 매우 솔직하고 거침없는 성격이라는 사실을 잘 알고 있기 때문이다.

문득 자미령의 시선이 시체의 손으로 향했다.

시체는 주먹을 잔뜩 움켜쥐고 있는데 손에서 하나의 회백색의 길쭉한 물체가 한 자 정도 튀어나와 있었다.

자미령은 시체의 양손을 번갈아 쳐다보았다. 양손에 똑같은 물체가 똑같은 모습으로 쥐어져 있었다.

그것은 쇠붙이는 아닌데 언뜻 보기에도 칼의 모양이다. 또한 잘 만든 매끄러운 모양이 아니고 어딘지 투박했다. 그리고 재질은 짐승의 뿔 같았다.

슥—

자미령은 시체가 움켜쥐고 있는 뿔 모양의 칼을 향해 서슴없이 손을 뻗었다.

지켜보는 상보사들은 깜짝 놀랐으나 아무도 그녀를 말리지 않았다.

그녀의 성격이 비단 직선적일뿐더러 고집이 쇠심줄보다 세다는 사실과, 그것을 꺾으려다가는 치도곤을 당한다는 사실을 모르는 사람이 없기 때문이다.

　그녀는 시체의 손을 펴려고 했으나 워낙 단단하게 움켜쥐고 있어서 쉽지 않았다.

　그러자 그녀는 아예 바닥에 궁둥이를 붙이고 주저앉아서 작정을 하고 시체의 손과 씨름을 벌이기 시작했다.

　"응… 응… 누가 이기나 해보자."

　그녀가 용을 쓰면서 신음 소리를 내자 지켜보던 상보사들은 빙그레 미소를 지었다.

　자미령은 창천해상단 소속 백오십칠 명 중에서 가장 나이가 어리다.

　비록 그녀가 소단주의 신분이기는 하지만, 사람들은 그녀를 자신들의 어린 여동생이나 조카, 딸 정도로 여기기 때문에 그녀가 하는 행동을 보고 있으면 부지중에 미소가 피어나는 것이다.

　한참을 실랑이 끝에 결국 자미령은 시체의 손을 펴고 두 자루 뿔칼을 손에 쥐는 데 성공했다.

　"헤헤."

　그녀는 바닥에서 아담한 궁둥이를 떼고 쪼그려 앉아 뿔칼 두 개를 한 손에 모아 쥐고 다른 손으로 이마에 맺힌 땀을 닦으며 흡족한 미소를 지었다.

　그녀는 시체의 손에서 뿔칼을 빼내다가 뿔칼의 날카로운 끝에 손가락을 살짝 찔려서 피가 나지만 그 정도는 신경도 쓰지 않았다.

그녀는 피가 흐르는 손가락을 입에 물고 쪽쪽 빨면서 시체를 바라보며 앵두 같은 입술을 나풀거렸다.

"이 한 쌍의 뿔칼이 내 마음에 들었으니 당신은 내게 보시(普施)하는 것이라고 생각해요. 그 대신 장례를 후하게 지내줄게요."

"으으……."

그녀의 말이 끝나자마자 시체의 입에서 갑자기 신음 소리가 흘러나왔다.

"엄마얏!"

쿵!

순간 자미령은 소스라치게 놀라 질겁하면서 엉덩방아를 찧으며 주저앉았다.

그녀뿐만 아니라 모든 사람들이 화들짝 놀라서 와르르 뒤로 물러났다.

바다에서 건져낸 시체의 입에서 신음 소리가 흘러나왔으니 혼비백산하는 것은 당연하다.

평소 겁이 없는 편인 자미령조차도 혼이 달아날 정도로 놀라서 몸이 굳어버린 채 시체의 얼굴을 쳐다보았다.

"으… 진아……."

시체의 새파랗게 질린 입술 사이로 다시 한 번 신음이 흘러나왔다. 이번에는 누군가의 이름을 안타깝게 불렀다.

자미령은 방금까지 혼비백산했던 것을 씻은 듯이 잊고 두 손으로 바닥을 짚고 얼굴을 시체 얼굴에 가까이 가져가 자세히 들여다보며 중얼거렸다.

"살아 있어."

무릎을 꿇고 궁둥이를 높이 쳐든 채 두 손으로는 바닥을 짚고 있는 그녀의 모습은 몹시 뇌쇄적이었다. 그러나 상보사들은 그런 모습에 아무도 신경을 쓰지 않았다.

스르르.

그때 시체가 느릿하게 눈을 떴다. 마치 깊고 오랜 잠에서 깨어나는 듯했다.

"아……."

자미령은 시체가 눈을 뜨는 바람에 깜짝 놀랐으나 아까처럼 호들갑을 떨지는 않았다.

오히려 그녀는 시체의 눈을 빤히 들여다보다가 가슴이 상쾌해지는 기분을 느꼈다.

'이렇게 맑고 깊은 눈은 처음 봐.'

그녀는 이런 눈을 지닌 사람은 절대로 악인일 리가 없다는 생각이 들었다.

또한 그런 눈을 지닌 낯선 청년에게 진한 호기심이 생겼다.

"나는 자미령이라고 해요. 당신은 누구죠?"

청년은 한동안 파란 하늘을 물끄러미 응시하다가 시선을 자미령에게 옮기며 희미한 목소리로 중얼거렸다.

“단운비.”

“단 씨 성에 이름이 운비로군요? 참 좋은 이름이에요.”

자미령은 화사하게 미소 지었다.

“여기는 어디… 으윽!”

청년 단운비는 주위를 두리번거리면서 상체를 일으키려다가 온몸이 조각나는 듯한 극심한 고통을 느끼며 얼굴을 잔뜩 찡그렸다.

자미령은 단운비의 머리를 잡고 가슴에 안으며 부드럽게 다독였다.

“바다에서 표류하고 있는 당신을 우리가 구했어요. 그리고 여긴 크고 튼튼한 배 위니까 염려하지 마세요. 우리가 당신을 잘 돌볼게요.”

그녀는 단운비를 바닥에 조심스럽게 눕히며 말을 이었다.

“당신은 온몸에 많은 상처를 입었어요. 다행히 우리 해상단에는 뛰어난 의원이 있으니까 당신을 치료…….”

그런데 그녀는 갑자기 말을 흐리며 손으로 가슴을 누르면서 답답한 신음을 토해냈다.

“하악! 나… 이상해……. 왜 이러지……?”

털썩!

그러더니 단운비 옆에 쓰러지듯 누워버렸다. 독각도에 찔려서 중독되고 만 것이다.

갑작스런 일에 상보사들이 놀라서 자미령 주위로 우르르 몰려들며 외쳤다.

"어떻게 된 거야? 소단주가 중독된 것처럼 안색이 푸르게 변했어!"

"빨리 임 의원을 모셔와라! 어서!"

'중독'이라는 말이 단운비의 귀에 꽂혔다.

그는 눈동자를 굴려 자미령을 보려고 애썼다. 그때 위로 뻗은 그녀의 손에 한 쌍의 독각도가 쥐어져 있는 것이 눈에 띄었다.

그 순간 단운비는 어떻게 된 일인지 알아차렸다. 독각도가 어떻게 해서 자미령의 수중에 있는지 모르지만, 그녀는 독각도에 몸 어딘가를 찔린 것이 분명했다.

"하악! 하악! 하악!"

자미령은 숨이 넘어갈 듯이 가쁜 숨을 몰아쉬었다. 어떻게 된 일인지 꼼짝도 할 수가 없다. 온몸이 돌이라도 된 듯 빠르게 굳어가고 있다.

말을 하다가 갑자기 쓰러진 지 세 호흡도 지나기 전에 그녀의 얼굴은 시커멓게 변했으며 입과 코, 눈, 귀에서 검붉은 피가 줄줄 흘러나왔다.

"소단주!"

"맙소사! 갑자기 이게 무슨 변괴란 말인가?"

"임 의원은 아직 안 오시느냐?"

상보사들은 어쩔 줄 모르고 허둥거렸다. 자미령이 아무런 이유도 없이 자신들의 눈앞에서 죽어가고 있는 광경을 보면서 제정신인 사람은 아무도 없었다.

"이것 보시오."

그때 단운비가 힘겹게 한 손을 들면서 모깃소리처럼 가늘게 말문을 열었다.

그러나 상보사들은 자미령에게 온 신경을 쏟고 있어서 그의 말도, 그가 손을 드는 것도 보지 못했다.

단운비는 가까스로 근처에 있는 한 사람의 팔을 건드렸다. 워낙 힘이 없어서 그 사람의 팔을 잡을 수도 없었다.

그때 단운비가 팔을 건드린 사람이 눈물범벅 얼굴로 그를 돌아보았다.

"내 말을 들으시오."

그 상보사는 단운비가 무슨 중요한 말을 하려는 것이라 직감하고 귀를 그의 입에 바짝 갖다 대며 다른 사람들에게 소리쳤다.

"다들 조용히 해봐! 이 사람이 무슨 말을 하려고 해!"

모두의 시선이 단운비에게 집중됐다.

단운비는 몹시 힘겹게 입술을 달싹거렸다.

"내 피를 그녀에게 먹이시오."

"피를?"

상보사가 무슨 소리냐는 듯 눈을 커다랗게 떴다.

“시간이 없소. 내 피를 먹이면 그녀는 무사할 것이오.”

그렇게 말하고 나서 단운비는 정신이 아득해지고 눈앞이 하얘지는 것을 느꼈다.

“어서… 내 피를…….”

그는 결사적으로 말하면서 가늘게 바들바들 떨리는 자신의 손을 들어 올렸다.

상보사는 초조한 표정으로 단운비와 자미령을 번갈아 쳐다보았다.

자미령의 얼굴과 손은 아예 먹빛으로 변했고, 몸에서 고약한 냄새 같은 것이 나기 시작했다.

지켜보던 사람들이 앞 다투어 소리쳤다.

“어서 그 사람의 피를 먹이게!”

“해봐서 손해 볼 것 없잖은가? 당장 그 사람의 손가락을 칼로 베게!”

상보사는 앞뒤 잴 것 없이 즉시 품속에서 소도 하나를 꺼내 단운비의 손가락 끝을 살짝 베었다.

그의 손에서 피가 흐르자 상보사는 그의 팔을 잡아당겨 손가락을 자미령의 입속에 넣어주었다.

모두들 반신반의하고 또 심각한 표정으로 지켜보았다. 허무맹랑한 방법 같기는 하지만, 지금으로선 그렇게 하는 것 외에는 뾰족한 수가 없었기 때문이다.

“대체 소단주께 무슨 일이 생겼다는 것이냐?”

그때 한 명의 중년인이 허겁지겁 달려오면서 외쳤다. 그는 창천해상단의 한 명뿐인 의원이다.

"소… 소단주……."

그는 자미령 곁에 이르러 그녀의 참담한 모습을 보고는 소스라치게 놀라 말을 잇지 못했다.

"뭘 하고 계십니까, 임 의원님?"

"아……!"

넋을 잃고 있는 임 의원을 옆에 있는 상보사가 어깨를 건드리며 일깨워 주었다.

임 의원은 황급히 자미령의 손목 맥을 짚어보았다.

그러더니 그의 표정이 해쓱하게 변했다. 맥이 아예 잡히지 않았기 때문이다. 맥이 잡히지 않는다는 것은 이미 죽었다는 뜻이다.

"이… 게 무슨 일인가? 소단주께서 돌아가시다니……."

그의 절망 어린 중얼거림에 상보사들은 하늘이 무너진 듯한 표정을 지으며 그 자리에 털썩털썩 주저앉았다.

"아이고, 소단주님……!"

"맙소사! 이런 청천하늘에 날벼락이 있나. 소단주께서 돌아가시다니……!"

조금 전까지만 해도 짤랑거리는 목소리로 명랑하게 얘기하던 자미령이 급사를 했다는 사실을 믿는 사람은 아무도 없었다.

자미령은 온몸이 먹빛으로 변해서 누워 있고, 그 주위의 사람들은 넋을 잃은 채 앉아 있다. 그리고 질식할 것 같은 침묵 속에 흐느끼는 소리만이 흘렀다.

문득 임 의원은 자미령의 입이 벌려져 있고, 그 속으로 누군가의 손가락이 들어가 있는 것을 발견했다.

임 의원은 눈으로 손가락과 팔을 따라가다가 단운비를 발견하고는 의아한 표정을 지었다.

"이 사람은 누군가?"

그러자 단운비의 손가락을 베어 그것을 자미령 입에 물려 준 상보사가 눈물콧물을 흘려가면서 그간의 상황을 대충 설명해 주었다.

"이 사람이 자신의 피를 먹이랬다고?"

"네, 임 의원."

임 의원은 고개를 갸웃거리며 자미령과 단운비를 번갈아 쳐다보았다.

그가 보기에 자미령은 무엇엔가 중독된 것이 분명했다. 그런데 바다에서 표류하고 있던 낯선 청년이 그녀에게 자신의 피를 먹이라고 했다는 것이다.

'이 청년이 무엇 때문에 자신의 피를……'

임 의원이 보기에 단운비는 눈을 감고 꼭 있는 것이 혼절한 듯했다.

"앗!"

“임 의원님! 소단주께서!”

그때 상보사들의 놀라는 외침이 터져 나왔다.

임 의원은 급히 자미령을 쳐다보다가 눈을 부릅떴다.

방금 전까지만 해도 먹빛이었던 그녀의 얼굴이 푸르스름하게 변했기 때문이다.

아니, 임 의원이 지켜보고 있는 중에도 자미령의 얼굴은 빠르게 변해서 어느새 평소의 안색을 되찾았다.

상보사들이 임 의원에게 다그치듯이 물었다.

“임 의원님! 소단주께선 소생하신 겁니까?”

“어서 맥을 짚어보십시오!”

임 의원은 귀신에 홀린 듯한 얼굴로 허둥지둥 자미령의 맥을 짚었다.

“세상에… 어떻게 이런 일이…….”

놀랍게도 자미령의 맥이 뛰고 있었다. 그것도 그냥 뛰는 정도가 아니라 평소처럼 건강하게 펄떡펄떡 뛰었다.

방금 전에 그가 진맥을 했을 때에는 분명히 맥이 없었는데 잠깐 사이에 힘차게 맥이 뛰다니, 이 일을 어떻게 이해해야 할지 임 의원의 얼굴은 복잡하기 짝이 없었다.

그러다가 문득 단운비를 쳐다보았다.

‘이 청년의 피가…….’

무엇엔가 중독된 자미령이 죽어가다가 청년의 피를 먹고 다시 소생했다.

청년의 피가 자미령을 살린 것이다. 지금으로선 그렇게밖에는 이해할 수 없는 일이다.

기실 단운비의 피에는 귀별금보의 독을 물리치는 효능이 담겨 있기 때문에 그것이 자미령을 살린 것이다.

"아… 무슨 일이야?"

그때 자미령이 부스스 눈을 뜨더니 주위를 두리번거리며 입을 열었다.

그러자 상보사들은 기쁨을 주체하지 못하고 일제히 울음을 터뜨렸다.

"아이고! 소단주님!"

"으허엉! 소단주께서 살아나셨다!"

자미령은 상보사들의 난리법석에 어리둥절하면서 일어나앉다가 자신의 입속에 무엇인가 이물질이 들어 있는 것을 느끼고 그것을 빼낸 후 단운비의 손가락이라는 사실을 알고는 살짝 이맛살을 찌푸렸다.

"뭐야, 이건?"

그러자 단운비의 손가락을 베어 자미령의 입속에 넣었던 상보사가 자초지종을 설명해 주었다.

"아……."

그제야 자미령은 자신이 갑자기 어지럽고 속이 메슥거려서 쓰러졌던 일을 기억해 냈다.

한 명의 상보사가 깨끗한 천으로 자미령의 입가와 코, 눈가의 피를 조심스레 닦아주었다.

자미령은 복잡한 표정으로 의원에게 물었다.

"임숙(林叔), 어떻게 된 거지?"

의원 임방(林傍)은 자신이 이해할 수 있는 한도 내에서 설명을 했다.

"아마 소단주께선 독에 중독됐던 것 같은데, 이 청년의 피를 복용하고 소생하신 것 같습니다. 지금으로선 이 청년의 피가 중독을 치료하는 보혈(寶血)이라고밖에는 설명드릴 수 없습니다."

"그래? 이 사람의 피가 나를……."

자미령은 상보사의 손을 밀치고 더없이 고마운 표정으로 단운비를 굽어보았다.

이어서 팔을 뻗어 조심스럽게 단운비를 안으며 소리쳤다.

"이 사람을 선실로 옮기게 좀 도와줘. 치료를 해줘야겠어."

임방이 조심스럽게 물었다.

"소단주, 괜찮으십니까?"

자미령은 귀찮다는 듯 쨍 외쳤다.

"의원이 보고도 몰라? 내 진맥 안 해봤어?"

"해봤습니다만……."

"그랬더니 어때?"

“건강하십니다.”

“그럼 됐잖아.”

“그렇죠.”

자미령은 자신이 손수 단운비의 머리를 잡고 다른 상보사
들의 도움을 받아 그를 자신의 거처로 옮겼다.

단운비는 혼절한 지 이틀 만에 다시 깨어났다.

그는 깨끗하고 아담한 침상에 누워 있고, 침상 가 머리맡에
는 자미령이 조그만 의자에 앉아 있으며, 그 옆에서는 임 의
원 임방이 단운비의 진맥을 하고 있는 중이었다.

자미령은 단운비가 눈을 뜨는 것을 보고 기쁨에 겨워 손뼉
을 치며 외쳤다.

“깨어났어! 임숙! 그가 깨어났어!”

그녀는 기분이 좋을 때는 임방을 ‘임숙’, 즉 아저씨라 부르
고, 기분이 좋지 않을 때에는 그의 통통한 체구와 넙데데한
얼굴 때문에 ‘임돈(林豚)’, 즉 돼지라고 부른다. ‘임숙’이라
고 부른 지금은 기분이 좋다는 뜻이다.

부처님 가운데 토막처럼 사람이 좋은 임방은 빙그레 미소
를 지었다.

“그렇군요.”

“고마워. 임숙이 애쓴 덕분이야.”

자미령은 임방의 팔을 두 손으로 잡고 그의 팔에 뺨을 비비

며 진심으로 고마워했다.

사실 임방은 이런 해상단에서 의원을 하고 있기에는 아까운 뛰어난 의술의 소유자다.

그는 십여 년 전 어느 날 누군가의 소개로 창천해상단의 의원이 됐다.

그때부터 그는 각 나라와 수많은 지역을 돌아다니는 동안 창천해상단의 사람들이 다치거나 아픈 것을 단 한 명도 죽게 내버려 두지 않았다.

그는 지난 이틀 동안 단운비 곁을 떠나지 않고 놀라운 침술과 지압법, 그리고 약재로 단운비를 치료했다.

물론 그가 치료를 하는 동안에 자미령도 꼼짝하지 않고 자리를 지켰다.

임방은 단운비를 치료하면서 그의 체질과 신체적인 내력에 대해서 상세히 알게 되었다.

하지만 그 사실을 자미령에게는 한마디도 하지 않았다.

그것은 단운비의 개인적인 비밀이기 때문에 그의 허락을 받지 않고 발설하는 것은 옳지 않다고 판단한 것이다.

임방은 단운비를 굽어보면서 미소를 지었다.

"한 보름쯤 치료를 하면 움직일 수 있을 테고, 한 달 정도가 지나면 완쾌될 걸세."

"들었죠? 당신이 완쾌될 거래요."

자미령은 뭐가 그렇게 기쁜지 만개한 꽃송이 같은 얼굴로 재잘거렸다.

"고맙소."

단운비는 보일 듯 말 듯 고마운 표정을 지으며 자미령에게 말하고는 임방을 쳐다보았다.

"고맙습니다."

임방은 손사래를 쳤다.

"이러지 말게. 자네가 소단주의 목숨을 구해준 것에 비하면 아무것도 아닐세."

슥ㅡ

단운비는 상체를 일으켰다. 가슴이 쪼개지는 듯하고 온몸이 조각나는 듯했으나 어제만큼 고통스럽지는 않았다.

자미령이 급히 그의 어깨를 안아 부축해 주었다.

그러자 단운비는 뺨에 자미령의 풍만한 젖가슴이 짓눌리는 것을 느꼈다.

당장 뿌리치고 싶지만 지금은 그럴 만한 힘이 없다. 또한 그녀가 도와주지 않으면 상체를 일으켜서 앉을 수가 없을 것 같아서 가만히 하는 대로 맡겨두었다.

그녀의 도움으로 비스듬한 자세로 앉게 된 단운비는 천천히 주위를 둘러보았다.

그러자 그의 의도를 짐작한 자미령이 침상 머리맡 옆에 있는 작은 탁자를 가리켰다.

"당신이 지니고 있던 물건들은 모두 저기에 있어요."

그녀가 가리키는 곳을 쳐다보니 탁자 위에 단운비가 몸에 둘렀던 혈사피와 그곳에 혈와각들이 원래대로 꽂혀 있고, 그 옆에 한 쌍의 독각도가 가지런히 놓여 있었다.

혈와각은 이백여 개 정도가 남은 상태다. 독천에서 무려 백여 개나 사용한 것이다.

독천을 생각하니 그곳에 두고 온 한소진에 대한 생각이 파도처럼 엄습했다.

그 당시에 어째서 그녀를 제대로 챙기지 못했는지 걷잡을 수 없이 후회가 밀려들었다.

또한 바다에 추락하고 난 직후에 사력을 다해서 독천에 기어오르지 못한 자신의 무력함이 증오스러웠다.

지금쯤 한소진은 어떻게 되었을까. 그 생각만으로도 그는 숨을 쉬기가 어려울 정도로 고통스러웠다.

자미령은 단운비의 얼굴이 갑자기 몹시 어두워지자 걱정스러운 표정으로 물었다.

“왜 그러죠? 어디가 불편한가요?”

“아… 니오.”

단운비는 가볍게 고개를 흔들고 나서 자미령을 쳐다보았다.

“내가 낭자를 살린 것이 아니오.”

뜬금없는 말에 자미령은 의아한 표정을 지었다.

“그게 무슨 말이죠?”

단운비는 눈길을 독각도에게 주었다.

"저 한 쌍의 칼은 독각도라고 하는데, 찔리거나 베이면 중독이 되어 불과 몇 호흡 만에 죽게 되오."

"아… 그런 일이……."

자미령은 크게 놀라 독각도를 바라보며 자신이 그것에 손가락을 찔렸던 일을 상기했다.

단운비는 가볍게 고개를 숙이고 정중하게 말했다.

"낭자는 내 칼에 찔려서 중독이 됐고 또 고통을 당했으니 진심으로 사과하오."

임방은 새삼스러운 표정으로 단운비를 물끄러미 굽어보며 생각에 잠겼다.

그는 자미령이 대체 무엇 때문에 중독이 되었는지에 대해서 곰곰이 생각을 했고, 그 당시의 정황으로 미루어 그녀가 독각도에 찔렸기 때문일 수도 있다는 잠정적인 결론을 내렸다.

그런데 독각도의 주인인 단운비가 깨어나자마자 조금의 망설임도 없이 진실을 고백한 것이다.

그래서 임방은 두 가지 사실을 알게 되었다. 첫째는 자신의 짐작이 맞았다는 것이고, 둘째는 단운비가 공명정대한 성품을 지녔다는 사실이다.

그것 하나만으로도 임방은 단운비가 마음에 들었다.

단운비의 고백에 자미령은 잠시 놀라는 얼굴이더니 곧 고개를 살래살래 가로저었다.

"그렇지 않아요. 내가 주인의 허락도 받지 않고 물건을 탐내다가 당한 사고니까 순전히 내 책임이에요."

그녀는 자못 단호한 표정을 지었다.

"그러므로 당신이 나를 치료해 주지 않았더라도 나는 절대 당신을 원망하지 않았을 거예요."

정말 딱 부러지는 성격이 아닐 수 없다.

"그렇지만……."

"당신이 그것에 대해서 솔직하게 말해준 덕분에 내가 왜 중독이 됐는지에 대한 의문이 풀렸어요. 고마워요."

자미령은 단운비의 말을 자르고 나서 다시 손을 뻗어 그의 상체를 안아 편안하게 눕혀주었다.

그때 또다시 그녀의 풍만한 젖가슴이 물컹하고 단운비의 얼굴에 느껴졌다.

그러나 거부를 표시할 사이도 없이 그는 다시 침상에 눕혀졌다.

이어서 자미령은 발딱 일어나 건강한 미소를 지었다.

"당신은 아무 걱정 말고 푹 쉬도록 하세요. 여기 임숙이 잘 돌봐줄 거예요."

이어서 그녀는 빙글 몸을 돌려 방을 나갔다.

임방은 방문이 닫히자 단운비를 보면서 껄껄 웃었다.

"헛헛헛! 소단주께서 이틀 동안 내내 자네 곁을 지켰다네."

그렇지만 단운비의 귀에는 임방의 말이 한마디도 들어오
지 않았다.
지금 그의 머릿속은 온통 한소진에 대한 생각으로 가득 차
있었기 때문이다.

第二十九章
호위무사(護衛武士)

풍림화산

단운비가 구조된 지 열흘이 지났다.

단운비는 자신이 지내고 있는 방이 원래는 소단주 자미령의 거처였다는 사실을 알게 되었다.

자미령은 하루에도 몇 차례씩 꼬박꼬박 단운비에게 들러서 그의 상태가 호전되고 있는지를 관심 깊게 확인했으며, 올 때마다 한 시진 이상 말벗이 되어주었다.

말벗이라고는 하지만 주로 말하는 사람은 자미령이다.

단운비는 언제나 우울한 표정에서 벗어나지 못했으며, 그녀가 재미있는 이야기를 하면서 까르르 넘어갈 때에도 그저 엷은 미소를 짓는 정도였다.

단운비는 처음에 구조되었다가 잠시 깨어났을 때 자신의 이름 석 자만 밝혔을 뿐 이후 자신에 대해서는 아무것도 말하지 않았다.

자미령은 단운비에 대해서 궁금한 것이 많은 듯 처음에는 질문 공세를 퍼부었으나 하나도 대답을 듣지 못하자 그때부터는 아무것도 묻지 않고 다른 얘기만 했다.

단운비는 자미령에게서 창천해상단과 장사에 대해서, 그리고 자신이 표류하고 있던 위치에 대한 설명을 들었다.

그는 중원의 동해와 남해가 겹쳐지는 해역에서 구해졌으며, 중원 복건성(福建省)에서 동남쪽으로 이백오십여 리 떨어진 곳이라고 했다.

단운비는 자미령에게 '대천회'라는 방파와 '독천'이라는 거대한 배를 아느냐고 물어보았으나 돌아온 대답은 모른다는 것이었다.

"몸은 좀 어때요?"

"한결 좋아졌소. 모두 낭자 덕분이오. 고맙소."

다시 찾아온 자미령이 부드러운 미소를 지으면서 묻자 단운비는 가볍게 고개를 숙여 보였다.

인사치레가 아니라 그는 정말 자미령에게 고마웠다.

표류자가 죽었다면 장례를 치러주고, 다쳤으면 치료를 해주는 것이 상단의 불문율이라고 하지만, 단운비에게 자미령은 생명의 은인이다.

"저 갑옷 덕분에 치명상을 당하지 않아서 다행이에요."

자미령은 탁자에 놓여 있는 혈사피를 가리켰다.

그녀는 단운비의 온몸에 상처가 가득한데도 유독 혈사피를 두른 부위만 말짱한 것을 보고는 혈사피가 보통 물건이 아닐 것이라고 짐작했다.

그녀의 말마따나 단운비가 혈사피를 가슴과 복부 상단에 두르고 있지 않았으면 지금 이 자리에 없었을지도 모른다.

독천의 그 아수라장 같은 싸움에서 가슴이나 복부를 찔리거나 베었으면 내장이나 장기를 심하게 다쳐서 죽음을 면치 못했을 것이다.

자미령은 단운비가 덮고 있는 이불을 젖히고 상처에 약과 천이 제대로 붙어 있는지를 세심하게 살펴보았다.

"나는 이렇게 많은 상처를 입은 사람을 예전에는 본 적이 없어요. 당신은 정확하게 스물일곱 군데나 상처를 입었어요. 그것도 매우 심각한 상처로만."

단운비는 사타구니만 겨우 가린 속곳을 입은 채 벌거벗고 있는 몸이라서 몹시 쑥스러워 어쩔 줄 모르는데, 자미령은 아무렇지도 않은 듯 상처를 돌보면서 그의 몸을 여기저기 만지기도 했다.

그녀는 다시 이불을 덮어주고는 독각도를 하나 집어들더니 이것저것 이야기를 하기 시작했다.

그녀는 현재 십팔 세인데 십오 세부터 부친을 따라 외국으로 장사를 다녔다고 한다.

"단 상공은 지금 몇 살인가요?"

보통 여자들은 이런 식으로 묻지 않는데 자미령은 개의치 않고 당돌하게 물었다.

"지금이 몇 월이오?"

"춘삼월이에요."

단운비는 가볍게 고개를 끄덕였다.

"그렇다면 나는 열아홉 살이오."

열일곱 살 겨울에 납치되어 항주성에 버려졌던 그는 벌써 햇수로 이 년을 넘겨 열아홉 살이 되었다.

"그럼 나보다 한 살 위니까 오빠라고 부를게요."

자미령이 반색하며 눈을 빛냈으나 단운비는 가타부타 대답하지 않았다.

'오빠'라는 말에 그는 다시 한소진이 생각나서 왈칵 그리움과 미안함이 사무쳤다.

"아야!"

그때 독각도를 갖고 만지작거리던 자미령이 나직한 비명을 터뜨렸다.

그녀는 또다시 독각도의 뾰족한 끝에 찔려 손가락에서 피가 나자 울상을 지었다.

"찔렸어요."

울상을 짓고 있지만 호들갑을 떨지는 않았다. 중독이 되더라도 단운비의 피를 마시면 낫는다는 사실을 알고 있기 때문이다.

이곳은 단운비가 사용하고 있는 자미령의 방이고, 지금 실내에는 그들 두 사람뿐이다.

자미령이 독각도에 찔렸다고 말하면 단운비가 자신의 손가락을 베어서 피를 내줄 줄 알았는데 그가 잠자코 있자 은근히 조바심이 났다.

그렇다고 자신이 실수를 해서 찔려놓고 피를 달라고 하기가 멋쩍은 자미령은 좀 더 기다려 보기로 했다.

실내에는 묘한 적막이 흘렀다. 단운비는 침상에 비스듬히 눕듯이 앉아 있고, 자미령은 침상 가 의자에 앉아서 찔린 손가락만 굽어보고 있다.

시간이 자꾸 흐르자 자미령의 조바심은 초조함으로, 그리고 급기야 다급함으로 변했다.

"운비 오빠, 빨리 피를 줘요."

그녀는 정색을 하고 무엇을 달라는 듯 두 손을 한데 모아 단운비에게 내밀었다.

이 와중에도 그녀는 단운비를 '오빠'로 부르겠다는 말을 실행에 옮기고 있었다.

그녀는 열흘 전의 그 끔찍했던 경험을 두 번 다시 하고 싶은 생각이 없었다. 그것은 생각만 해도 오싹 몸서리가 쳐지는 일이다.

그녀와는 달리 단운비는 담담한 얼굴로 입을 열었다.

"내 피는 필요없소."

자미령의 안색이 홱 변했다.

"무… 슨 말이죠?"

그녀는 단운비가 지금 사태가 얼마나 심각한지 잘 모르고 있는 것이라고 짐작했다.

"운비 오빠, 나는 이 뿔칼에 찔렸다고요. 이제 곧 온몸이 새카매지고 입과 코, 눈에서 피를 흘릴……."

"낭자는 한 번 내 피를 복용한 적이 있기 때문에 내 핏속에 있는 독을 물리치는 성분이 낭자의 체내에 저장되어 있는 상태라오."

자미령의 얼굴빛이 변했다.

"그럼……."

"그러니까 독각도에 찔렸어도 아무렇지 않을 것이오."

"아……."

자미령의 표정이 환하게 밝아졌다. 그녀는 단운비의 말을 듣고 불신을 한다거나 반신반의하는 표정을 짓지 않고 그 즉시 믿어버렸다.

"또한 앞으로는 다른 독에도 중독되는 일이 없을 것이오."

"에?"

자미령은 눈을 동그랗게 떴다.

"그… 게 정말인가요?"

이번만큼은 그녀도 눈을 동그랗게 뜨고 물었다. 믿지 못해서가 아니라 신기하기 때문이다.

"그렇소."

단운비가 아는 한 귀별금보의 피는 만독(萬毒)을 불침(不侵)시키는 효능이 있다.

귀별금보의 피를 세기도 힘들 만큼 많이 먹은 단운비는 체내의 피뿐만 아니라 곳곳에 귀별금보의 놀라운 효능이 잠재되어 있다.

그렇기 때문에 만약 누군가 그의 살을 뜯어 먹고 뼈를 갈아서 마신다고 해도 피를 먹은 것처럼 똑같은 효능을 발휘할 수 있을 것이다.

열흘 전에 자미령은 단운비의 피를 꽤 많이 마셨다. 놀란 상보사는 단운비의 손가락을 깊고도 길게 베었고, 짧은 시간에 많은 피가 쏟아져 나왔기 때문이다.

"세상에……."

자미령은 두 손을 가슴에 모으고 기뻐서 어쩔 줄 모르는 표정을 지었다.

"꺄악! 고마워요! 운비 오빠!"

와락!

순간 그녀는 단운비에게 달려들어 두 팔로 목을 끌어안으며 안겼다.

"낭자……."

단운비는 당황해서 급히 자미령을 밀치듯 떼어냈다.

자미령은 단운비에게서 떨어지며 혀를 날름 내밀었다.

"헤헤! 너무 기분이 좋아요."

"음. 주의해야 할 것이 한 가지 있소."

단운비는 주먹을 입에 대며 진지하게 말했다.

"뭐죠?"

자미령은 침상 가에 걸터앉으며 단운비 쪽으로 한쪽 귀를 잔뜩 내밀었다.

그러자 단운비는 자신도 모르게 움찔했다. 자미령은 한소진과 전혀 다른 용모지만, 이따금 자미령의 행동이 한소진을 생각나게 만들었다.

한껏 귀엽게 아양과 애교를 부리는 것은 천하에서 한소진을 따라올 여자가 없을 것이다.

그런데도 여자가 애교를 부리는 모습은 비슷한 데가 있는 모양이다.

단운비는 자미령을 물끄러미 응시하면서 한소진에 대한 그리움과 걱정 때문에 가슴이 먹먹해졌다.

자미령은 한참이 지나도 그가 말이 없자 의아한 얼굴로 돌아보다가 그가 자신을 빤히 바라보고 있는 것을 보고 의아한 표정을 지었다.

"왜 그래요? 내 얼굴에 뭐 묻었어요?"

도무지 부끄러움이라고는 없는 아가씨다.

“음. 아니오.”

단운비는 퍼뜩 정신을 차리고 말을 이었다.

“독이 낭자의 몸을 침범하지 못하더라도 이후 낭자는 독을 조심하도록 하시오.”

자미령은 까만 눈을 깜빡거리면서 고개를 갸웃거렸다.

“무슨 뜻인지 잘 모르겠어요.”

“독이 낭자의 몸에 침입을 하면 독이 해소되는 것이 아니라 체내에 축적이 되기 때문이오.”

“축적이라뇨?”

자미령의 눈이 동그랗게 커졌다.

“내 피를 먹었기 때문에 축적된 독은 낭자에게 어떤 해도 끼치지 않을 것이오. 다만 그 독이 다른 사람을 해치게 될까 봐 염려하는 것이오.”

자미령은 눈동자를 사르르 굴리면서 골똘히 생각하고 나서 종알거리며 물었다.

“운비 오빠 말은, 지금 내 몸속에 저 뿔칼에 두 번 찔린 독이 축적되어 있다는 것인가요?”

“그렇소.”

“그런데 그 독이 어느 순간에 밖으로 뿜어져서 다른 사람을 해칠 수도 있다는 것인가요?”

“그렇소.”

자미령은 단운비의 말을 제대로 알아들었다.

"어떻게 하면 체내에 있는 독을 밖으로 뿜어낼 수 있죠?"

"그것은 나도 모르겠소. 아직 시험해 본 적이 없소."

"그런가요?"

"하지만 체내에 축적된 독이 어떤 방법으로든 밖으로 뿜어지면 사람을 중독시켜서 죽게 만드는 것만은 분명하니 앞으로 조심하시오."

"알았어요."

단운비는 그녀가 건성으로 대답하는 것을 알아차렸다.

그는 이 호기심 많은 아가씨가 과연 무슨 생각을 하고 있을지 궁금했지만 묻지는 않았다.

그때부터 자미령은 입을 꼭 다물고 까만 눈동자를 굴리면서 뭔가 깊은 생각에 잠겼다.

이윽고 그녀는 탁자의 혈사피를 가리키면서 조심스럽게 물었다.

"저기 뿔칼 말고, 저 뱀 껍데기 같은 곳에 빼곡하게 박혀 있는 것은 뭔가요?"

단운비는 혈사피로 시선을 주며 대답했다.

"혈와각이라는 것인데, 독각도와 같은 것이오. 단지 크기만 작을 뿐이오."

자미령은 혈사피에서 혈와각 하나를 뽑아서 만지작거리더니 눈을 내리깔며 말했다.

"운비 오빠, 이걸 잠시만 빌려주시겠어요?"

“좋도록 하시오.”

순간 자미령은 벌떡 일어나 허리를 꾸벅 굽혔다.

“고마워요!”

그러더니 뒤도 돌아보지 않고 쏜살같이 밖으로 나가 버렸다.

혼자 남은 단운비가 침상에 앉아서 운공조식을 연이어 세 차례 하고 난 직후에 임 의원 임방이 들어섰다.

단운비는 치료를 받기 위해서 옷을 벗고 침상에 누웠다.

임방은 약통을 열면서 고개를 갸웃거리며 중얼거렸다.

“소문주께서 도대체 어쩌다가 그렇게 다치셨는지 모를 일 이로군.”

단운비의 표정이 가볍게 변했다. 아까 자미령이 혈와각 하 나를 빌려간 것이 조금 마음에 걸렸었다.

“그녀에게 무슨 일이 있습니까?”

임방은 약통에서 여러 개의 침과 약을 꺼내면서 연신 고개 를 갸웃거렸다.

“소단주의 열 손가락이 죄다 무언가 뾰족한 것에 마구 찔 렸다네. 아니, 손가락뿐만 아니라 발가락과 발바닥까지 모조 리 구멍을 뚫어놓았더구만.”

단운비는 움찔 놀랐다가 곧 어이없는 표정을 지었다.

자미령이 무엇 때문에 혈와각 하나를 빌려갔는지 이유를 알 것 같았기 때문이다.

그녀는 혈와각의 독을 자신의 체내에 축적하고 싶은 것이
분명했다.

열 손가락과 발가락, 발바닥까지 닥치는 대로 찔렀다면, 그
녀는 독을 많이 축적하고 싶었던 모양이다.

"자넨 무림인인가?"

자미령의 부친이자 창천해상단의 단주인 자중곤(紫仲坤)이
조용한 목소리로 물었다.

탁자의 자중곤 맞은편에 꼿꼿한 자세로 앉은 단운비는 정
중하게 대답했다.

"아닙니다."

그러자 자중곤 옆에 앉아 있는 자미령이 뜻밖이라는 듯 눈
을 동그랗게 뜨며 물었다.

"무술을 할 줄 몰라요?"

"조금 할 줄 아오."

"그런데 왜 무림인이 아니라는 거죠?"

단운비는 완고한 표정을 지었다.

"무술을 배웠다고 해서 다 무림인이 되는 것은 아니오."

그는 무림인들을 그다지 좋아하지 않는다. 그래서 자신이
무림인으로 분류되는 것이 싫었다.

자미령은 고개를 갸우뚱했다.

"무술을 배우는 것은 무림인이 되기 위해서가 아닌가요?"

“나는 아니오.”

“그럼 무엇 때문에 무술을 배웠나요?”

단운비는 잠시 망설이다가 어렵게 대답했다.

“살기 위해서 배웠소.”

‘생존’이라는 발등의 불이 아니었으면 그는 무공이라는 것을 쳐다보지도 않았을 것이다.

자미령이 더 캐물으려는 것을 자중곤이 손을 들어 만류하고 자신이 대신 물었다.

“어떤가? 자네 우리 상단에 도움을 줄 생각은 없나?”

자중곤은 사십대 후반의 나이에 적당한 키와 체구를 지녔으며, 반 뼘가량의 검고 짧은 수염을 기른 후덕한 인상의 소유자였다.

“소생은 장사에 대해서 잘 모릅니다.”

단운비가 겸손하게 대답했지만 기실 그는 장사, 즉 상법(商法)에 관한 책을 쓰라고 해도 당장 수십 권을 쓸 수 있을 만큼 해박했다.

단지 그의 지금 상황이 장사나 할 만큼 마음이 편하지 않다는 것이다.

자중곤은 가볍게 너털웃음을 터뜨렸다.

“하하하! 그런 염려는 말게. 장사는 우리에게 맡겨두고 자넨 우리를 보호해 주게.”

“보호라면……”

단운비로선 뜻밖의 말이다.

"장사를 하다 보면 예기치 못한 여러 가지 곤란한 일을 겪을 때가 있네. 그럴 때 자네의 힘이 필요할 걸세."

자미령이 재빨리 보충 설명을 했다.

"해상단의 가장 큰 적은 해적(海賊)이에요. 두 번째가 상인을 가장한 도적이고, 세 번째는 거래가 성사되지 않았을 때 갑자기 무력으로 윽박지르려는 무리예요."

단운비가 알아들었다는 듯 고개를 끄덕이자 자미령이 말을 이었다.

"아버님의 말씀은, 운비 오빠가 본 해상단의 호위무사가 되어달라는 뜻이에요."

그녀는 혹시 단운비가 거절을 할지 모른다고 여겨 급히 손을 들며 토를 달았다.

"말은 그렇지만 해상단을 노리는 해적이나 도적은 그리 많지 않아요. 또한 거래를 하다가 무력을 사용하는 작자들도 가뭄에 콩 나듯이 있죠. 그러니까 말만 호위무사일 뿐이지 실상은 거저먹는 한직이에요."

자중곤이 무슨 말을 하려고 하자 자미령은 팔꿈치로 슬쩍 그의 옆구리를 찔렀다.

자중곤은 자미령을 보며 가볍게 실소를 흘리고는 다시 단운비에게 말했다.

"자네가 따로 가야 할 곳이 있다거나 본 해상단의 호위무

사를 하고 싶은 마음이 없다면 강요하진 않겠네. 자네는 원하
는 만큼 이곳에 있다가 아무 때라도 원하는 장소를 말하면 그
곳에 내려주겠네.”

그 말에 자미령의 얼굴이 흐려졌다. 하지만 그녀는 입을 꼭
다물고 말끄러미 단운비를 주시했다.

단운비는 잠시 침묵하다가 이윽고 입을 열었다.

“고마운 말씀이지만, 아무래도 따르지 못할 것 같습니다.”

순간 자미령은 크게 실망하는 표정을 지었다.

“이유를 물어봐도 되겠나?”

“호위무사라는 직책이 거저먹는 한직이라면, 소생의 성미
에 맞지 않습니다.”

“호오, 성미라니?”

“사람이란 일을 한 만큼 녹봉을 받고 세 끼 밥을 먹는 법인
데, 거저먹는 한직에 앉아서 무위도식하는 것은 제게는 맞지
않는 것 같습니다.”

그 말에 자미령은 화들짝 놀라는 표정을 지었고, 자중곤은
그녀를 보면서 ‘그것 봐라’는 미소를 지었다.

자미령은 부친의 얼굴을 힐끗 보더니 멋쩍은 얼굴로 단운
비에게 말했다.

“사실 우리 창천해상단은 조금 전에 말한 해적이나 도적
들, 그리고 걸핏하면 어깃장 놓는 무뢰배들 때문에 골머리를
썩고 있어요.”

그녀는 말을 마치고 단운비의 얼굴을 살짝 보고는 표정이 어두워졌다. 단운비가 여전히 굳은 표정이기 때문이다.

그녀는 고개를 푹 숙였다.

"미안해요, 운비 오빠. 내가 거짓말을 했어요. 바다에 해적과 도적 떼가 들끓고 무뢰배들이 사사건건 시비를 건다고 하면 운비 오빠가 질겁하고 호위무사를 하지 않겠다고 할까 봐 그런 거예요."

단운비는 생각에 잠겼다.

그는 지난 열흘 동안 치료를 받으면서 자신이 해야 할 일에 대해서 심사숙고했다.

그가 할 일은 크게 두 가지다.

독천을 찾는 것과 힘을 기르는 것.

두 가지 중에서 어느 것도 중요하지 않은 것이 없다.

독천을 찾지 못하면 한소진을 만날 수 없다. 그러나 힘, 그것도 강력한 힘이 없으면 독천을 찾는다고 해도 한소진을 구하지 못한다.

지금 그의 능력으로 다시 독천에 잠입해 봤자 지난번처럼 단운비와 한소진 둘 다 죽을 고비를 겪게 될 뿐이고, 그녀를 구하는 것은 불가능할 것이다.

단운비가 창천해상단에 구조된 것은 하늘이 도왔다. 창천해상단은 중원과 외국 어디든지 배가 갈 수 있는 곳이라면 가지 않는 곳이 없다.

그러므로 단운비가 창천해상단과 함께 행동을 하게 되면 독천을 발견할 수 있는 가능성이 무엇보다도 높다.

그러므로 그로서는 부탁을 해서라도 창천해상단에 남아 있어야 하는 입장이다.

그가 이곳의 호위무사가 되어 할 일은 해적이나 도적 등 창천해상단에 위해를 가하는 무리를 격퇴시키는 것이다.

그리고 평소에는 운공조식으로 공력을 증진하고 무공 연마로 무위를 기르면 된다.

그에게 너무도 좋은 제안이었지만 그가 거절한 이유는 말 그대로 무위도식할 수는 없다는 것 때문이다. 그만큼 그는 강직한 성격의 소유자다.

자미령은 빤히 단운비를 주시하면서 그가 승낙해 주기를 간절히 빌었다.

그녀와는 달리 자중곤은 담담한 표정으로 단운비의 대답을 기다렸다.

단운비가 호위무사 제안을 수락한다면 좋겠지만, 거절한다고 해도 강요하지는 않을 생각이다. 그것이 평소 자중곤의 성품이었다.

이윽고 단운비는 생각을 끝내고 입을 열었다.

"감사한 마음으로 호위무사 일을 맡겠습니다."

"야호! 고마워요, 운비 오빠!"

자미령은 손뼉을 치면서 앉은 자리에서 펄쩍 뛰어오를 정

도로 기뻐했다. 그녀는 속마음을 도저히 감추지 않는 솔직한
성격이었다.

"한 가지 조건이 있습니다."

단운비가 정중히 말하자 자미령이 촉빠르게 끼어들었다.

"무엇이든지 말해요, 다 들어줄 테니까."

그러면서 자중곤을 보며 눈을 찡긋해 보였다.

"그렇죠, 아버지?"

"허헛! 오냐."

자중곤은 오늘 단운비를 처음 보지만 그의 준수한 외모와
듬직한 허우대, 그리고 무엇보다도 그의 진중함과 공명정대
함이 마음에 들었다.

무남독녀 외동딸인 자미령이 그동안 거친 뱃사람들 틈에서
정을 붙이지 못하고 울적해하는 모습을 가끔 발견한 적이 있
는 자중곤은 그녀가 단운비를 무척 따르는 것을 보고 그가 창
천해상단 사람이 되어주면 좋겠다고 은근히 바라고 있었다.

단운비는 흐트러짐없는 단정한 자세와 말투로 말했다.

"저에 대한 녹봉은 필요없습니다. 하지만 무술을 연마할
수 있는 연공실을 주셨으면 좋겠습니다. 선창의 작은 창고 같
은 것이면 충분합니다."

그러자 자미령과 자중곤은 서로 눈빛을 교환하며 의미있
는 미소를 지었다.

그리고는 자미령이 명랑한 얼굴로 설명했다.

"원래 본 단에는 상두(商頭)와 상보사들로 구성된 자위 조직이 있어요. 모두 백여 명이며 그들이 평소에 틈틈이 무술 수련을 하는 수련장이 있어요. 그곳을 조금 개조해서 운비 오빠의 개인 연공실을 만들어 드릴게요."

자중곤이 고개를 끄덕였다.

"자네가 보고 마음에 들지 않는다면 다른 곳에 연공실을 만들어주겠네. 그리고……."

그는 손가락 하나를 세워 보였다.

"녹봉을 받지 않겠다는 자네 요구를 들어줄 수는 없네. 우리 창천해상단에서는 일을 하지 않고 무위도식하는 사람이 한 명도 없는 반면에, 열심히 일한 사람에게 녹봉을 주지 않는 경우도 없네. 자네의 녹봉은 매월 은자 오십 냥으로 책정하겠네."

상두의 녹봉이 은자 이십 냥이므로 그보다 두 배 반이나 높은 녹봉이다.

자중곤의 말이 논리정연해서 단운비는 반론을 제기할 수가 없었다.

조금 전에 그가 '무위도식은 하지 않겠다'라고 한 말을 자중곤이 역으로 해석해서 설명한 것이다.

第三十章

창천호위대(蒼天護衛隊)

풍림화산

　창천해상단의 상선은 모두 세 척이고, 각각 천룡(天龍), 창룡(蒼龍), 해룡(海龍)이라는 이름을 갖고 있다.

　우두머리 배가 천룡이고, 그곳에는 단주인 자중곤과 자미령 부녀, 의원인 임방이 타고 있었다.

　각 배에는 단주를 제외한 최고 지위인 대상두(大商頭)가 한 명씩 있으며, 그 아래 세 명의 상두(中商頭)와 오십여 명의 상보사들이 있다.

　대상두는 각 상선의 선장이므로 배가 항해를 하고 있는 동안에는 배를 떠날 수 없다.

　그래서 단운비가 천룡선의 한 명의 상두의 안내로 창룡선과 해룡선으로 옮겨 타서 대상두 이하 모든 사람들과 일일이 인사를 나누었다.

배를 옮겨 타는 방법은 특이했다. 두 척의 배가 최대한 가깝게 나란히 항해를 하면서 두 배에 설치되어 있는 특수한 장치를 가동한다.

창천해상단 세 척의 배 중앙에는 돛대와 상관이 없는 두 개의 굵은 기둥이 세워져 있고 그곳에 도르래 같은 것과 하나의 튼튼한 상자가 달려 있다.

두 척의 배가 가깝게 나란히 항해를 하면서 서로 도르래의 줄을 연결한 후에 사람이나 물건을 상자에 싣고 양쪽 배에서 줄을 당기면 상자가 원하는 배로 옮겨가게 된다.

단운비는 창룡선과 해룡선에 다녀온 후 천룡선에 있는 수련장으로 안내되었다.

세 척의 상선 중에서 천룡선이 가장 크고, 그다음이 창룡선, 해룡선 순서다. 하지만 크기 차이는 그다지 많이 나지 않는다.

천룡선은 길이가 십오 장에 폭 오 장 정도이며, 상선 중에서는 중간급에 속한다.

천룡선의 화물은 모두 갑판 아래 선창의 창고에 실려 있고, 맨 앞쪽, 즉 선수(船首)에 갑판이 있으며 그 뒤에 한 채의 전각이 있고, 그 뒤로 삼 장 너비의 갑판이, 그다음에 선실과 후갑판이 있다.

　앞쪽의 갑판과 가운데 갑판, 후갑판에 각각 하나씩의 돛대가 있으며, 전각과 선실은 똑같이 삼 층 높이다.

　전각은 길이가 삼 장이고 선실은 오 장인데, 전각은 단주인 자중곤과 자미령이 사용을 하고, 선실 삼층은 대상두와 상두, 의원 임방이 사용을 하고, 상보사들이 이층을, 일층은 식당과 수련장으로 꾸며져 있다.

　자중곤은 자신과 딸이 사용하는 전각의 이층에 단운비의 거처를 마련해 주었으나 그가 정중하게 사양했다.

　전각 이층 좌우에 있는 두 개의 방은 자미령이 사용하고 있는데, 그녀가 부친에게 단운비의 거처를 그곳으로 삼게 해달라고 졸랐던 것이다.

　단운비는 선실 이층 상보사들의 거처에 자신의 거처를 마련해 주기를 원했다.

　하지만 그것은 자미령과 자중곤이 강력하게 반발하여 결국 대상두와 상두의 거처인 선실 삼층에 한 칸의 방을 거처로 삼았다.

　대상두와 상두는 방 하나씩을 사용하고 있으나, 상보사들은 하나의 방에 다섯 명씩 사용하기 때문에 자중곤 부녀가 반대를 했던 것이다.

　호위무사인 단운비에겐 창천호위대장(蒼天護衛隊長)이라는 직함이 주어졌다.

창천해상단에는 단 한 명뿐인 호위무사이고, 실제로 그는 상두와 상보사 백여 명으로 구성된 자위 조직의 우두머리이기 때문이다.

길이 삼 장에 폭 이 장인 수련장은 꽤 넓은 편이지만, 자위 조직, 즉 '창천호위대'의 백여 명이 모두 들어서자 서 있는 것조차도 힘들 만큼 좁았다.

단운비는 백여 명 앞쪽 한 자 높이의 대 위에 늠름하게 서서 자신을 소개했다. 소개라고 해봤자 이름 석 자를 말하는 것이 전부다.

이어서 모인 백여 명 중에서 나이가 사십 세 이상 되는 사람들을 추려내자 칠십여 명이 남았다.

그는 다시 칠십여 명의 몸을 일일이 더듬고 만져서 각자의 근골을 확인한 후에 최종적으로 근골이 뛰어난 삼십 명만 남기고 모두 돌려보냈다.

옆에서 단운비가 하는 양을 지켜보고 있던 자미령이 의아한 얼굴로 물었다.

"운비 오빠, 사람이 많을수록 좋은 것 아닌가요? 그런데 거의 다 돌려보내는 것은 무슨 뜻이죠?"

단운비는 실내에 남아 있는 삼십 명을 찬찬히 훑어보고 나서 조용한 목소리로 대답했다.

"나이가 많은 분들은 싸움이 벌어졌을 때 체력적으로나 여러 면으로 제 한 몸 지키는 것조차 힘겨울 것이오."

"그럼 사람들 몸을 더듬은 다음에 돌려보낸 것은 뭐죠?"

그녀는 단운비가 사람들이 무공을 익히기 좋은 근골을 지녔는지 파악했다는 사실을 모르고 있다.

"내가 이들의 몸을 만져 본 것은 무술을 익히기에 적합한 신체를 지녔는지 알아보려는 이유에서였소."

자미령과 삼십 명은 똑같이 놀라는 표정을 지었다.

"사람 몸을 만져 보는 것만으로 그런 것을 알 수 있다는 말인가요?"

"그렇소."

원래 단운비는 그런 사실을 알고는 있었으나 어떤 신체가 무술을 익히는 데 좋은 근골인지 구별하는 것을 실제로 해본 것은 지금이 처음이다.

예전에는 서책으로 읽어서 방법에 대해서만 알고 있었고, 지금은 무공을 직접 연마해 본 경험을 토대로 그 방법을 실행해 본 것이다.

자미령은 신기한 표정을 지으며 단운비 앞에 우뚝 섰다.

"운비 오빠, 그럼 내가 무공을 배우는 데 적합한지 나도 한 번 봐주세요."

단운비는 조금 전에 사람들 몸을 머리부터 발끝까지 구석구석 두루 더듬고 누르면서 만졌는데, 자미령은 지금 그것을 해보라는 것이다.

좌중에서 나직하게 웃는 소리와 어이없어하는 탄식 소리

가 새어나오는데도 자미령은 아랑곳하지 않았다.

"어서 해봐요. 설마 다른 사람하고 나를 차별하려는 것은 아니죠?"

'차별'이라는 말까지 나오자 단운비는 안 해준다는 말은 하지 못하고 나직이 헛기침을 했다.

"험! 나중에 해주겠소."

"좋아요. 꼭 약속을 지켜야 해요?"

"알… 았소."

자미령은 강제로 약속을 받아내고서는 더욱 눈을 초롱초롱 빛냈다.

"그런데 무엇 때문에 무술을 배우는 데 적합한 신체인지 알아보는 것인가요?"

"그것은……."

"혹시 이들에게 무술을 가르치려는 것인가요?"

"다수의 적들을 상대할 경우에는 나 하나보다 여러 명이 유리할 것……."

"나를 만져 보고 나서 무술을 익히기에 적합한 신체면 내게도 가르쳐 줄 거죠?"

"그것은……."

"꺄악! 고마워요! 운비 오빠!"

와락!

자미령은 단운비가 말을 할 겨를도 주지 않고 혼자서 북 치고 장구 치고 다 하더니 마지막에는 두 팔로 그의 목을 끌어 안으면서 안겨들며 외쳤다.

놀란 단운비는 급히 그녀를 밀어냈다. 그런데 공교롭게도 그의 두 손이 그녀의 가슴을 덥석 만진 꼴이 되고 말았다.

하지만 자미령이 사람들을 등지고 있는 자세라서 아무도 보지 못했다.

자미령은 그 상태에서 발끝으로 종부돋움을 하여 한껏 키를 높였다.

그런데도 단운비보다 한 뼘이나 키가 작자 두 팔에 힘을 주어 그의 얼굴을 끌어내리고서야 눈을 게슴츠레 뜨고서 은근 짜를 떨었다.

"운비 오빠, 지금 내 근골을 조사하는 건가요?"

단운비가 삼십 명으로 구성된 창천호위대에게 무술을 가르치려고 하는 데에는 그럴 만한 이유가 두 가지 있었다.

바다 위에서 해적의 습격을 받게 될 경우, 단운비 혼자서 세 척의 상선을 한꺼번에 보호할 수는 없는 노릇이었다.

그래서 삼십 명에게 기본적인 무술을 가르쳐서 세 척의 배에 고르게 배치하려는 계획이다.

그가 성심껏 무술을 가르치면 최소한 해적보다는 나을 것이라는 게 그의 판단이었다.

그리고 또 한 가지 이유는, 단운비는 독천을 발견하면 그 즉시 이곳을 떠나야만 한다.

그러면 창천해상단은 예전처럼 해적이나 도적 떼의 무력 앞에서 전전긍긍할 수밖에 없다.

그래서 창천호위대에게 무술을 가르쳐서 그것을 방지하자는 것이 두 번째 이유다.

방금 창천호위대장에 임명된 그는 벌써 떠날 때를 대비하고 있는 것이다.

단운비가 창천호위대 삼십 명에게 무술을 가르치기 시작한 지 보름이 지났다.

그들에게 가르치는 무술은 배우기 쉬우면서도 성취도가 빠르고, 웬만큼 익혀도 곧바로 실전에서 사용할 수 있으며, 그러면서도 위력적인 것을 선택했다.

그것이 바로 무당파의 소청검법(少淸劍法)이다.

무당파를 대표하는 검법은 태청검법(太淸劍法)과 태극혜검(太極慧劍), 양의문검(兩意紋劍), 대라검법(大羅劍法), 사상류검(四象流劍) 등 다수가 있다.

그중에서 태청검법 이십사 초식(二十四招式)을 사 초식으로 축소한 검법이 바로 소청검법이다.

소청검법은 여러 가지 면에서 태청검법에 비해 떨어지는 것이 사실이다.

하지만 태청검법의 장점만을 추렸기 때문에 불과 사 초식만으로 위력이 태청검법의 칠성에 육박한다.

더구나 소청검법은 그다지 어렵지 않으며 속성으로 익힐 수 있다는 점에서 오래전부터 무당파 내에서도 각광을 받고 있는 실정이었다.

단운비는 쉬운 소청검법을 더욱 알기 쉽게 자세히 삼십 명에게 설명하고 가르쳤다.

창천호위대 대원들은 처음에는 어려워서 쩔쩔매면서 난색을 짓더니, 며칠이 지나면서 동작이 조금씩 몸에 익어가자 절로 신바람이 나서 매일 목 빠지게 무술 수련 시간만 기다리는 신세가 되었다.

단운비가 소청검법을 선택한 또 하나의 이유는, 거기에 무당파의 뛰어난 보법 중 하나인 이궁역위보(移宮逆位步)가 가미되어 있기 때문이었다.

태청검법은 단지 공격을 위주로 하는 검법이지만, 소청검법은 공수(攻守)를 겸비한 검법이다. 그런 점에서는 소청검법이 뛰어날 수도 있는 것이다.

항해를 하는 동안에는 별달리 할 일이 없기 때문에 대원들은 식사 시간과 잠자는 시간, 그리고 정기적으로 순찰을 돌거나 경계를 서는 일을 제외한 모든 시간을 검술 수련으로 보냈다.

그동안 자미령은 다람쥐 제집 드나들 듯이 매일 부지런히 수련장을 기웃거리더니 열흘째부터는 일체 발걸음을 하지 않았다.

원래 단운비는 그녀에게 추호도 관심이 없었기 때문에 그녀가 수련장에 나타나지 않아도 신경을 쓰지 않았다.

그랬는데 보름째 으스름 저녁나절에 수련장으로 자중곤이 불쑥 찾아왔다.

"대장, 나 좀 보세."

그는 씁쓸한 표정으로 단운비를 밖으로 불러내서 어색한 미소를 지었다.

"령아가 벌써 닷새째 식음을 전폐하고 있다네. 그 아이가 대체 왜 그러는지 혹시 짚이는 것이라도 있는가?"

단운비가 알 턱이 없다.

"글쎄요. 저는 잘 모르겠습니다."

"그런가? 이것 참……."

기대를 걸고 왔던 자중곤은 단운비에게 들어가 보라고 손짓을 하고는 쓸쓸히 돌아서 전각 쪽으로 걸어갔다.

단운비는 멀어지는 자중곤의 뒷모습을 묵묵히 응시하며 자미령이 왜 그러는지에 대해서 곰곰이 생각해 보았다.

하지만 짐작할 만한 일이 아무것도 없다. 그녀에 대해서 잘 알지도 못하거늘 어떻게 그런 것을 알겠는가.

대원들에게 검법 수련을 시키고 나왔기 때문에 그는 잠시 난간 가에 서서 바다를 바라보았다.

그의 눈앞에는 서쪽 바다와 하늘이 온통 불을 지른 것처럼 시뻘겋게 타오르는 낙조가 장관으로 펼쳐져 있었다.

"진아……."

다른 사람들은 이런 장관을 보면 감탄이 절로 나오겠지만, 그는 한소진밖에 생각나지 않는다.

지금쯤 그녀는 필경 팔대지옥계라는 곳에 보내졌을 것이다.

그녀가 그곳에서 어떤 생활을 하고 또 무슨 일을 당하고 있을지 상상하는 것조차도 겁이 난다.

단운비는 한소진을 잊으려고 애쓰지 않는다. 오히려 그녀를 잊을까 봐 하루에도 수백 번 그녀를 떠올리고 자신들이 함께했던 추억들을 곱씹어서 회상한다.

보통 사람들에게는 망각이라는 치료약이 있어서 아무리 뼈아픈 일을 당했다고 해도 세월이 흐를수록 그 고통이 덜어지게 마련이다.

그러나 단운비는 오히려 그 반대다. 마치 눈덩이가 점점 커지듯이, 하루가 지나면 그리움과 고통이 두 배가 되고, 또 하루가 지나면 네 배가 돼버린다.

그녀만 생각하면 가슴이 갈가리 찢어진다. 아니, 아예 으깨어진다. 그래서 그녀를 그리워하는 것조차도 죄스럽다.

그녀가 지금 어떤 상황에 처해 있을지 짐작하기에 숨을 쉬고 살아 있는 자체가 한없이 미안할 뿐이다.

단운비는 수련장에서 대원들에게 검법을 가르칠 때 외에는 한마디도 입을 열지 않았다.

창천호위대 대원들이나 다른 사람들이 단운비와 친해보려고 말을 걸어보지만 그가 워낙 무뚝뚝하게 침묵으로 일관하기 때문에 말을 건넨 사람들이 무안해지기 일쑤였다.

단운비는 수련장과 그곳 한쪽 구석에 새로 만든 아담한 자신의 연공실, 그리고 거처를 오가는 것 외에는 아무 곳에도 가지 않았다.

이따금 난간 가에 서서 먼 바다를 바라보며 한소진을 그리워하고 걱정하는 것도 그의 일과 중의 한부분이다.

자중곤이 단운비를 찾아왔다가 돌아가고 이틀이 지났을 때, 이번에는 임방이 찾아왔다.

단운비는 자신의 연공실에서 문을 걸어 잠근 채 운공조식을 하고 있어서 임방은 수련장 한쪽에 웅크리고 앉아서 한 시진이나 기다렸다.

"단 대장, 혹시 소단주의 신체검사를 해주기로 했었나?"

단운비를 수련장 밖 난간 가로 부른 임방이 거두절미하고 본론을 꺼냈다.

"그랬습니다."

보름 전에 자미령이 자신의 근골이 어떤가 봐달라고 떼를 써서 그러겠다고 대답한 적이 있었다.

"그래서 신체검사를 해주었나?"

“하지 않았습니다.”

애초부터 해줄 생각이 아예 없었으므로 하지 않은 것은 당연하다.

임방은 살찐 턱을 주억거리며 씁쓸한 표정을 지었다.

“소단주께서는 오늘까지 무려 칠 일째 식음을 전폐하신 상태일세.”

순간 단운비의 머리로 스치는 것이 있었다.

“설마… 제가 신체검사를 해주지 않아서 식음을 전폐한 것입니까?”

말 그대로 설마 하는 마음으로 물었는데, 뜻밖에도 임방이 고개를 끄덕이는 것이 아닌가.

“그렇다네.”

단운비의 얼굴에 살짝 어이없다는 표정이 떠올랐다.

임방은 난간에 두 팔을 걸치고 캄캄한 바다를 응시하며 울적한 목소리로 말했다.

“단주의 부인께서는 소단주가 십오 세 때 병환으로 돌아가셨네. 만약 그때 내가 곁에 있었으면 절대로 그따위 병으로 돌아가시게 내버려 두지 않았을 걸세.”

단운비는 난간에 기대서서 묵묵히 듣기만 했다.

“부인께서 돌아가시자 의지할 곳 없는 소단주는 부친에게 와서 그때부터 줄곧 배에서 생활을 해왔네.”

그렇게 말할 때의 임방은 마치 자미령의 숙부라도 되는 듯

안쓰러운 얼굴이고 목소리였다.

"소단주는 겉으로는 명랑하고 활달하지만 속마음은 여리기 짝이 없네. 외강내유(外剛內柔)의 성격이지. 부친을 걱정시키지 않으려는 소단주의 속 깊은 배려 때문에 형성된 성격일세."

임방의 얼굴에 씁쓸한 표정이 떠올랐다.

"그렇지만 지난 삼 년 동안 소단주는 너무도 외로웠다네. 자네도 알다시피 뱃사람들은 하나같이 무식하고 거칠기 짝이 없다네. 그들이 아무리 친절하고 다정하게 대하더라도 소단주 마음에 들 리가 없네. 그러니까 뭍에서 평범하게 생활하는 여느 아가씨들하고는 영판 다른 황폐한 생활을 할 수밖에 없는 걸세."

슥—

임방은 밤바다에서 시선을 거두고 똑바로 단운비를 쳐다보며 말을 이었다.

"그런데 소단주 앞에 홀연히 자네가 나타난 걸세. 자네는 뱃사람들하고는 달리 잘생겼을뿐더러 학식이 높고 공명정대하며 온화해서 소단주의 마음에 쏙 든 것 같네."

"임 의원, 하지만……."

단운비가 뭐라고 말하려는 것을 임방이 손을 들어 제지하며 계속 말했다.

"넘겨짚지 말게. 소단주께선 자넬 오라비처럼 여기네. 말하자면 가족 같은 것 말일세."

그의 말처럼 넘겨짚으려고 했던 단운비는 조금 미안한 기분이 되었다.

"부탁하네. 내키지 않더라도 소단주를 여동생처럼 대해줄 수는 없겠는가?"

이번에는 단운비가 캄캄한 밤바다에 시선을 던졌다. 그리고 입을 다물었다.

임방은 옥을 깎아 다듬은 듯 준수하면서도 단단하게 굳은 단운비의 옆얼굴을 물끄러미 응시하면서 기다렸으나 한참이 지나도 대답을 듣지 못했다.

임방은 빙그레 미소 지었다.

"허허… 내가 괜한 부탁으로 심려를 끼친 것 같구만. 방금 한 말은 잊도록 하게. 나 때문에 단주께서 어렵게 구한 호위무사를 잃게 하고 싶지는 않으이."

그러더니 임방은 뒤뚱거리면서 선실을 향해 걸어갔다.

단운비는 임방에게 시선조차 주지 않고 그 후로도 오랫동안 그곳에서 밤바다를 바라보았다.

임방의 말을 듣고 있는 동안에는 자미령을 생각했으나, 그가 물러가고 나자 기다렸다는 듯이 단운비의 머릿속은 한소진 생각으로 가득 찼다.

"휴우!"

마치 석상이라도 된 것처럼 꼼짝도 하지 않던 그의 입에서 한참 만에야 가슴을 저미는 듯 길고도 깊은 한숨이 흘러나왔다.

그는 천천히 몸을 돌려 배 앞쪽의 전각 이층을 쳐다보았다.

그런데 자미령의 방은 불이 꺼져 있었다. 하지만 지금은 술시(戌時:저녁 8시)밖에 되지 않았다. 잠이 들기는 이른 시각이다.

전각 계단을 올라간 단운비는 누군가를 발견하고 뚝 걸음을 멈추었다.

자미령의 방 앞에 자중곤이 서 있었기 때문이다. 그는 쟁반을 들고 있었는데, 거기에는 죽과 몇 가지 요리가 있었다.

그것을 본 단운비는 마음이 조금 짠해지는 것을 느꼈다.

창천해상단 백오십칠 명의 우두머리인 자중곤이지만, 자미령에겐 그저 자상한 아버지일 뿐이다.

식음을 전폐한 딸을 위해서 음식을 들고 방문 밖에 서 있는 그런 아버지인 것이다.

자미령이 식음을 전폐한 지 오늘로써 칠 일째라니까, 자중곤은 지난 칠 일 동안 저렇게 음식을 들고 딸의 방을 찾아왔을 것이다.

자중곤을 발견한 단운비는 왠지 그에게 미안한 마음이 드는 것을 어쩌지 못했다. 어쨌든 단운비가 원인 제공을 했기 때문이다.

그리고 그다음에는 아버지의 속을 태우고 있는 자미령이 괘씸하다는 생각이 들었다.

하지만 그 생각은 곧 사라졌다. 자미령이 모친을 잃은 후 부친과 함께 배에서 생활을 하며 어떻게 속앓이를 했었는지를 임방에게 들었기 때문이다.

자중곤은 불쑥 나타난 단운비를 발견하고 깜짝 놀랐다가 곧 어색한 표정을 지었다.

단운비는 자중곤 앞으로 걸어가서 묵묵히 손을 내밀었다.

자중곤은 그의 뜻을 알아차리고 고마운 표정을 지으며 쟁반을 건네주었다.

단운비는 자중곤이 계단으로 올라가는 것을 보고는 자미령의 방문을 열고 들어갔다.

실내는 어두컴컴했다.

척!

등 뒤로 방문을 닫자 저만치 창 아래 침상에 이불을 뒤집어쓴 채 누워 있는 자미령이 나직이 중얼거렸다.

"아버지, 입맛 없으니까 도로 갖고 가세요."

힘이라곤 하나도 없는 모깃소리만 한 목소리다. 칠 일을 굶었으니 당연하다.

단운비는 묵묵히 걸어가서 침상 머리맡의 작은 탁자에 쟁반을 내려놓았다.

자미령은 누군가 침상가로 걸어오는 소리를 들었을 텐데

도 꼼짝도 하지 않았고 더 이상 아무 말도 하지 않았다.

단운비는 우뚝 서서 한동안 묵묵히 굽어보다가 이윽고 조용히 입을 열었다.

"낭자, 원하는 것이 무엇이오?"

"아!"

그러자 자미령의 몸이 눈에 띄게 움찔 움직이며 탄성이 터져 나왔다.

그리고는 그녀는 이불을 걷고 벌떡 일어나서 단운비를 바라보며 얼굴 가득 놀라는 표정을 떠올렸다.

"운비 오빠……."

자미령의 얼굴은 칠 일 만에 몹시 수척해졌으며 입술은 까칠했다. 식음을 전폐한 것 말고도 뭔가 가슴앓이를 한 것이 분명하다.

단운비를 바라보는 그녀의 두 눈에 금세 눈물이 하나 가득 고였다.

원망이나 미움 같은 것이 아니라 반가움과 기쁨의 눈물이라는 것을 단운비는 알 수 있었다.

자미령이 자신을 쳐다보느라 고개를 한껏 치켜들고 있기 때문에 단운비는 침상에 걸터앉았다.

자미령은 얼굴을 붉히면서 부스스한 머리카락을 매만졌다.

"내 꼴이 엉망이죠?"

단운비는 문득 그녀가 안쓰럽다는 생각이 들었다. 모친을 잃은 후 어디 몸담을 곳이 없어서 부친을 따라 거칠고 험한 선상 생활을 삼 년 동안이나 해온 그녀다.

더구나 창천해상단에서 그녀는 유일한 여자라서 정을 붙일 곳도, 마음을 터놓을 사람도 없다.

한소진하고 비교할 수는 없지만, 자미령도 이곳에서 팍팍한 삶을 살고 있으니 가련하기 짝이 없다.

"원하는 것이 무엇인지 말해보시오."

단운비는 그녀가 식음을 전폐한 것이 단지 신체검사를 해주지 않아서가 아니라고 생각했다.

단운비가 단도직입적으로 묻자 자미령은 잠시 머뭇거리더니 고개를 숙이고 옷자락을 만지작거리면서 조그만 목소리로 입을 열었다.

"나도 창천호위대원이 되고 싶어요."

신체검사를 해달라고 했을 때부터 그녀가 원하는 것이 창천호위대원이 되는 것일 거라고 짐작하고 있던 단운비다.

하지만 그녀를 창천호위대원으로 받아들이는 것은 몇 가지 제약이 따른다.

첫째, 그녀는 창천해상단의 소단주라는 신분이다.

그녀를 받아들이면 다른 대원들이 많이 불편할 것이다. 굳이 이것저것 예를 들지 않아도, 신분 차이 때문에 발생하는 문제가 한두 가지가 아닐 것이라는 얘기다.

또한 남자들로만 이루어진 창천호위대에 홍일점이 끼게
되면 남자들만의 거침없는 행동들이 제약을 받게 된다.

둘째, 그녀는 여자이기 때문에 체격에서도 다른 대원들에
비해서 왜소하고 체력도 그만큼 허약할 것이다. 그러므로 혹
독한 수련을 견뎌내지 못할 터이다.

그것은 결국 그녀가 창천호위대원으로서 한 사람의 몫을
해내지 못할 것이라는 뜻이다.

셋째, 그녀는 단주 자중곤의 하나뿐인 혈육이다. 만약 해적
이나 도적과 치열한 싸움이 벌어졌을 때 그녀가 잘못되기라
도 한다면 자중곤은 딸을 잃게 된다.

단운비는 소중한 사람을 잃는다는 것이 얼마나 큰 아픔인
지 너무도 잘 알고 있다. 그러므로 자중곤이 그런 고통을 겪
게 되는 것을 원하지 않는다.

"낭자가 어째서 창천호위대원이 될 수 없는지 세 가지 이
유를 말할 테니 들어보시오."

단운비는 빙빙 돌려서 말하는 성격이 아니다. 또 이것은 그
래서 해결될 일이 아니다.

그가 일단 거절이라는 전제를 내밀자 자미령의 안색이 어
두워졌다.

그러나 단운비는 무심한 어조로 자신이 생각한 세 가지 이
유를 차근차근 설명했다. 그는 창천해상단에 온 이후 가장 많
은 말을 했다.

참을성있게 단운비의 설명을 다 듣고 난 자미령은 지그시 입술을 깨물었다.

"창천호위대원이 되면 소단주의 지위를 버리겠어요."

그 말은 단운비가 예상하지 못했던 대답이다.

자미령은 방금 전보다 더 단호하게 말을 이었다.

"그리고 운비 오빠가 제시한 두 번째와 세 번째에 대한 대답은 신체검사를 받고 난 후에 하겠어요."

그녀의 말인즉, 신체검사를 해서 적격 판정이 나오면 남자들과 다름없이 무술 수련을 거뜬히 이겨낼 것이며, 그래서 더 뛰어난 대원이 되어 실전에 나가서도 죽지 않을 것이라는 뜻이다.

단운비가 씁쓸한 표정을 짓는 것을 보고 자미령은 딱 부러지게 못을 박았다.

"만약 신체검사를 해서 내가 자격 미달이라면 두말하지 않고 포기하겠어요."

단운비가 똑바로 쳐다보자 그녀는 고개를 끄덕였다.

"물론 식사도 할 것이고 예전과 변함없이 지낼 거예요."

단운비는 고개를 끄덕였다.

"알겠소."

자미령은 손가락 하나를 세워 보였다.

"단, 사심없이 신체검사를 해줘야 해요."

근골이 좋은데도 불구하고 그녀를 염려해서 나쁜 근골이

라고 말하지 말라는 얘기다.

슥—

"자, 이제 해보세요."

그녀는 이불을 치우고 침상에 똑바로 누워서 말하고는 눈을 꼭 감았다.

단운비는 물끄러미 그녀를 굽어보았다. 일이 이쯤 되면 신체검사를 하지 않을 수 없게 되었다. 지금 그만두면 그녀는 더 큰 상처를 받게 될 터이다.

그는 침상 위로 올라가 누워 있는 그녀 옆에 단정하게 책상다리 자세로 앉았다.

슥—

제일 먼저 머리로 손을 뻗어 정수리에서부터 이마, 관자놀이, 뺨, 인중, 턱을 골고루 더듬고 지그시 누르면서 세밀히 살폈다.

이어서 목과 쇄골, 어깨, 팔, 겨드랑이, 손가락을 살피면서 뼈와 뼈마디, 근육과 힘줄 따위를 꼼꼼히 살폈다. 그것은 삼십 명의 창천호위대원에게도 똑같이 행했던 동작이다.

슥—

이윽고 단운비의 커다란 손이 자미령의 가슴 한복판 명치를 지그시 눌렀다.

자미령의 풍만한 젖가슴이 찌그러졌다. 그러나 그녀는 미동도 하지 않았다.

단운비도 자미령도 추호의 사심 없이 신체검사에 집중하고 있는 것이다.

"호흡을 연이어서 다섯 차례 해보시오."

단운비의 지시에 따라 자미령은 들숨과 날숨을 연이어 다섯 차례 했다.

그즈음 단운비의 표정이 조금 변했다. 하지만 그는 멈추지 않고 그녀의 젖가슴 아래와 옆구리, 그리고 아랫배 단전에 손바닥을 밀착시키고 약간의 진기를 주입시켰다.

한 움큼의 진기는 곧장 그녀의 단전 기해혈로 주입되어 십팔 년 동안 잠들어 있던 기혈을 일깨웠다.

그러자 그녀의 단전에서 생성된 기혈이 강물이 맨 처음 샘물에서 시작되는 것처럼 흘러나가 전신 기경팔맥을 따라서 맹렬하게 주천하기 시작했다.

번쩍!

순간 자미령은 깜짝 놀라 눈을 떴다. 체내에서 거대한 급류가 거침없이 흐르는 듯한 느낌을 받았기 때문이다.

'좋은 기의 흐름이다.'

단운비는 단전에서 손을 떼고 기혈이 지나는 중요 대혈을 일일이 손끝으로 짚고 더듬으면서 혈도와 혈류의 활성화를 빠짐없이 살폈다.

'악!'

놀라서 눈을 뜨고 있던 자미령은 한순간 속으로 비명을 터뜨렸다.

단운비가 갑자기 그녀의 다리를 벌리더니 손이 느닷없이 사타구니를 더듬었기 때문이다.

순간 자미령은 반사적으로 단운비의 얼굴을 보았다.

그러나 그는 눈을 질끈 감은 채 마치 입정한 승려 같은 엄숙한 표정을 짓고 있었다.

그는 더없이 진지하게 신체검사에 집중하고 있는 것이 분명했다.

그러고 보니까 다른 대원들의 신체검사를 할 때에도 사타구니를 더듬었던 것이 기억났다.

하지만 자미령은 단운비처럼 진지할 수가 없다. 온몸이 찌릿찌릿하고 소름이 쫙 돋으면서 열이 확확 일어나는데 어떻게 진지할 수 있겠는가.

자미령의 음부와 항문 사이의 회음혈(會陰穴)을 지그시 누르고 있던 단운비는 갑자기 그녀의 기혈이 마구 헝클어지고 불규칙한 것을 감지했다.

"잡생각은 그만두고 마음을 가라앉히시오."

그의 은은한 호통에 자미령은 찔끔했다. 마치 몰래 나쁜 짓을 하다가 들킨 것 같은 기분이 들었다.

단운비는 엄숙한데 그녀만 후끈 달았으니 나쁜 짓을 하긴 한 것이다.

몸에서 기해혈만큼이나 중요한 혈도를 꼽으라면 단연 회

음혈이다.

회음혈은 임맥(任脈)이 시작되는 곳이며 또한 독맥(督脈)이 끝나는 위치이기 때문이다.

"돌아누우시오."

한바탕 혼찌검이 난 자미령이 고분고분 돌아눕자 단운비는 다시 머리끝에서 발끝까지 세밀히 더듬고 눌러본 후 이윽고 반 시진 만에 손을 뗐다.

"됐소."

말을 한 후 그는 잠시 뭔가 생각에 잠겼다.

'무공을 연마하기에 최상의 근골이다. 몸의 내부와 외부 둘 다 완벽하다.'

자미령은 초조한 표정으로 그가 입을 열기를 기다렸다.

그런데 단운비는 벌떡 일어나더니 침상 아래로 내려가 곧장 방문으로 걸어갔다.

그래서 자미령이 일어나 앉으면서 막 입을 열려는데 그가 먼저 말을 했다.

"내일 새벽 인시(寅時:새벽 4시)에 수련장으로 오시오."

탁!

방문이 닫히자 자미령은 마치 꿈을 꾸는 듯한 표정으로 멍하니 앉아 있었다.

단운비가 전각의 계단을 내려가고 있을 때 자미령의 방에서 울음소리가 터져 나왔다.

“으앙—!”

단운비의 입가에 자신도 모르게 흐릿한 미소가 피어났다. 천방지축 같으면서도 순진하기 짝이 없는 자미령을 보면 마치 막내 여동생 같은 생각이 든다.

전각을 나온 그가 난간 가를 걸어가고 있을 때 머리 위에서 자미령의 목소리가 들렸다.

“운비 오빠.”

단운비가 걸음을 멈추고 위를 올려다보니 열린 창으로 자미령이 고개를 내밀고 아래를 바라보고 있었다.

그녀는 닭똥 같은 눈물을 뚝뚝 흘리면서 낮게 흐느꼈다.

“흑흑! 저 정말 열심히 해서 운비 오빠 실망시키지 않을게요. 꼭이요.”

단운비는 가볍게 고개를 끄덕여 주고는 다시 걸음을 옮겼다.

자미령은 그가 시야에서 사라지고 나서도 한참이나 창밖을 내다보면서 눈물을 흘렸다.

第三十一章
바다의 천신(天神)

풍림화산

풍림화산

　창천해상단은 단운비가 표류에서 구해진 지 한 달 열흘 만에 왜국(倭國:일본) 남쪽의 긴 해협을 통과하고 있었다.
　사월의 따사로운 햇빛 아래에서 자미령을 포함한 창천호 위대 삼십일 명은 천룡선의 후갑판에서 검술 수련을 하면서 비지땀을 흘리고 있는 중이다.
　그리고 단운비는 수련장 내 자신의 수련실에서 혼자 무공 연마를 하고 있다.
　이즈음 단운비는 독천에서의 싸움에서 입었던 상처들이 말끔히 나은 상태였다.
　요즈음 그는 무당파의 절기인 태청검법을 연마하느라 전

력을 다하고 있다.

구대문파의 무공이 무림에서도 단연 독보적이지만, 검법으로 논하자면 무당파가 최고 수준이다.

그중에서도 태청검법과 태극혜검법은 무당파 검법의 백미라고 할 수 있다.

일전에 단운비와 한소진이 배운 아미파의 난파풍십이검은 태청검법에 비해서 뒤처지지 않는다.

다만 두 검법의 근원적인 차이점 때문에 단운비는 태청검법을 배우기로 결심한 것이다.

아미파는 여자들, 즉 비구승(比丘僧)들만 수양을 하는 곳이다. 다시 말해서 난파풍십이검은 여자를 위한 검법이라는 뜻이다.

그러므로 단운비가 난파풍십이검을 제아무리 완벽하게 익혔다고 해도 여자가 완벽하게 익힌 것보다는 위력 면에서 차이가 날 수밖에 없다.

반면에 무당파의 태청검법은 오직 남자만을 위한 검법일 뿐만 아니라 특히 패도적이며 태풍 같은 위력을 지니고 있어서 단운비에게는 적격인 것이다.

무림에서 검법으로 일절(一絶)이 무엇이냐고 물으면 누구든지 서슴지 않고 무당파의 태청검법을 꼽을 정도다.

단운비는 태청검법을 완벽하게 익히고 나서도 무공 연마를 멈추지 않을 생각이었다.

무림의 일절은 구대문파의 일절이다. 그래서 구대문파가 자랑하는 절학을 모조리 배울 계획이다.

그리고 무엇보다도 무림에서 무적을 자랑하고 있는 단 씨 가문의 적통 후계자만이 배울 수 있는 적양대신력(赤陽大神力)을 배울 것이다.

그의 부친인 신룡문주 신검무적(神劍無敵) 단도후(檀道厚)는 단 두 가지의 수법, 즉 검법인 천지신검(天地神劍)과 장력인 적양대신력만으로 강북무림의 절대자가 되었다.

단운비는 검법으로는 이미 난파풍십이검을 익혔고 또 태청검법을 익히고 있으므로 가문의 천지검법은 익히지 않을 생각이다.

그는 독천에서의 싸움에서 자신이 너무도 무력하다는 사실을 골수에 사무칠 정도로 체험했다.

그래서 다시는 그런 전철을 밟지 않고 한소진을 무사히 구해낼 수 있도록 만반의 준비를 갖추려는 것이다.

한소진만 구해내면 그는 그 길로 그녀를 데리고 아무도 모르는 곳에 가 은거를 할 생각이다.

그는 한소진만 있으면 된다. 다른 것은 아무것도 필요하지 않다. 한소진도 같은 마음일 것이라고 믿었다.

그러므로 두 사람이 함께 있으면 그곳이 어디라고 해도 필경 행복할 것이다.

만에 하나, 그것은 상상하고 싶지도 않은 일이지만, 한소진에게 무슨 변고가 생겼다면 그는 대천회를 절대 용서하지 않을 것이다.

삼천존은 물론이고 대천존을 비롯하여 대천회 모두를 깡그리 죽여 버리고 말 터이다.

"후우……."

연이어 두 차례의 운공조식을 끝낸 단운비는 길게 숨을 토해내며 마지막 갈무리를 했다.

그는 독천에 잠입한 직후 소형 배 안에 숨어서 운공조식을 했을 때보다 공력이 조금 더 증진되었다.

그 당시 그의 단전에는 육십 년 공력을 뜻하는 대경방이 가득 채워졌었고, 십 년 공력인 소경방이 절반 이상 채워져 있었다.

그런데 지금은 대경방 하나와 소경방 하나가 가득 찼고, 또다른 소경방에 절반쯤 찬 상태다.

그러므로 엄밀하게 따진다면 현재 그의 공력은 칠십오 년정도 된다고 할 수 있다.

그는 자신의 체내에 축적되어 있는 귀별금보의 금혈이 앞으로 얼마나 더 공력을 증진시켜 줄지 짐작조차 하지 못하고 있다.

그것을 확인하는 길은 쉬지 않고 줄기차게 운공조식을 하는 방법뿐이다.

그가 다시 한 차례 운공조식에 들어가려고 할 때 갑자기 망루에서 다급한 외침이 터졌다.

"해적이다!"

그 순간 단운비는 화살처럼 선실 밖으로 달려나갔다.

그때 자미령을 비롯한 창천호위대원들은 단운비를 향해 마주 달려오고 있었다.

그들은 해적이라는 소리를 듣는 순간 마치 솔개를 만난 새끼 오리들이 놀라서 어미 오리를 찾듯 허겁지겁 단운비에게 달려온 것이다.

"대장! 해적입니다!"

"운비 오빠! 어떻게 해요?"

단운비를 발견한 대원들은 다급한 표정으로 일제히 외쳤다.

그러나 단운비는 침착하게 명령을 내렸다.

"모두 진검을 착용하라."

평소에는 목검으로 수련을 했으나 이제는 진검을 착용하라는 것이다.

"돛을 모두 펼치고 전속력으로 가장 가까운 포구를 향해 도주하라!"

천룡선 선미 갑판에서 자중곤이 배의 뒤쪽 먼 곳을 뚫어지게 주시하면서 우렁차게 명령을 내렸다.

단운비와 대원들이 달려갔을 때 선미에는 자중곤과 대상

두, 그리고 상두 한 명이 서서 배 뒤쪽을 주시하고 있었다.

그들이 바라보고 있는 곳에는 한 척의 배가 빠른 속도로 천룡선을 향해서 접근해 오고 있는 중이었다.

자중곤의 명령에 따라 창천해상단 세 척의 배는 돛을 모두 올리느라 상보사들이 분주하게 움직였다.

"오! 대장."

단운비를 발견한 자중곤은 굳어 있던 얼굴에 흐릿한 미소를 지었다.

"이곳에서 목적지 포구가 오십여 리 남짓이니까 도주를 하면서 왜구(倭寇)를 상대할 생각이네."

갑자기 나타난 배는 해적이 아니라 왜구였다. 왜구가 해적과 다른 점은 왜국의 왜인들로만 이루어졌으며, 해적들이 물건만 약탈하는 데 반해서 왜구들은 사람을 모두 죽이고 배를 불태워 버린다는 사실이다.

또 중원의 해적은 먹고살기 위해서 약탈을 하지만, 왜구는 축재(蓄財), 즉 재물을 벌어들이기 위해서 약탈과 살인은 한다는 것이다.

왜구는 한마디로 잔인무도한 약탈자에 살인자다.

왜구의 배 왜구선(倭寇船)을 쏘아보고 있는 대상두가 신음처럼 중얼거렸다.

"음. 원래 이쪽 해역은 왜구가 한 번도 출몰하지 않았었는데 이상하군."

　더구나 창천해상단은 언제나 그랬던 것처럼 이번에도 왜구들이 득실거리는 쪽을 피해서 좁은 섬과 섬 사이의 해협으로 항해를 하고 있는 중이었다.

　쳐다보고 있는 사이에 왜구선은 삼백여 장 거리까지 가까워졌다. 왜구선의 속도가 훨씬 빠르다는 뜻이다.

　원래 상선들은 크기만 하고 속도는 빠르지 못한 편이다. 되도록 짐을 많이 실어야 하기 때문에 덩치가 커지고 무겁다 보니까 속도를 낼 수가 없는 것이다.

　중원에 적을 두고 있는 웬만한 해상단들은 자체적으로 호위무사대를 보유하고 있었다.

　통상적으로 그들의 수는 적게는 삼십여 명이고, 많게는 백여 명 이상이나 된다.

　또한 그런 해상단이 거느리는 상선은 평균 열 척이다. 많은 화물을 운반하다 보니까 규모가 커졌고, 그래서 호위무사대가 필요해진 것이다.

　그에 비해서 소규모 해상단인 창천해상단은 그동안 호위무사대를 보유할 형편이 못 됐었다.

　규모가 작기 때문에 유리한 점은 있다. 해적이나 왜구들의 표적에 쉽사리 걸려들지 않는다는 것이다.

　지금까지 창천해상단은 그럭저럭 호위무사대 없이 잘 견뎌왔으나 근래에 들어서 해적과 왜구들이 부쩍 늘어나 극성을 부렸다.

그래서 자중곤은 어려운 형편이지만 자신들도 호위무사대
를 둬야겠다는 생각에서 단운비를 호위무사로 발탁, 그 신호
탄으로 삼았던 것이다.

"단주."

그때 대상두가 초조한 얼굴로 자중곤을 쳐다보았다.

그다음 말은 하지 않았으나, 어떻게 하면 좋으냐는 뜻이라
는 것을 사람들은 다 알고 있었다.

왜구선이 잠깐 사이에 백여 장 거리로 좁혀들고 있었기 때
문이다.

가장 가까운 포구까지는 무려 오십여 리나 남았으며, 창천
해상단의 배는 왜구선의 속도에 비해 절반 정도밖에 되지 않
아서 곧 덜미가 잡힐 것이다.

자중곤은 해상단을 십오 년 가까이 꾸려오고 있으나 지금
같은 풍전등화의 상황은 한 번도 없었다.

돌이켜 생각해 보면 그것은 순전히 운이 좋았다고밖에는
할 수가 없다.

언제 해적이나 왜구에게 당해도 당할 것인데 십오 년 동안
무사했다가 이제야 당하게 된 것이다.

자중곤은 힐끗 단운비를 쳐다보았다. 단운비에게 무얼 바
라는 것이 아니라 그저 무의식적인 행동이었다.

백여 장 가까이 접근한 왜구선에는 얼핏 봐도 배 앞쪽에 오
륙십여 명의 왜구들이 무기를 휘두르면서 기세등등하게 서

있었다.

그렇다면 왜구선의 전체적인 수는 그보다 곱절 이상은 더 많을 것이라는 뜻이다.

자중곤은 물론이고 창천해상단의 어느 누구도 단운비가 그 많은 왜구들을 어떻게 해줄 것이라고는 눈곱만큼도 기대하고 있지 않았다.

그런데 단운비는 자중곤이 자신을 힐끗 쳐다보는 것을 보고 오해를 했다.

'자! 이제 호위무사인 자네가 나설 차례일세' 라고 알아들은 것이다.

단운비는 안력을 돋우어 왜구선을 뚫어지게 주시했다.

중원의 배들은 평평하고 안정적인 모양인 데 비해서 왜구선은 마치 반으로 쪼갠 박을 바다에 띄워놓은 듯한 형상을 하고 있었다.

문득 단운비의 눈이 반짝 빛났다. 왜구선의 왜구들이 이쪽을 향해서 화살을 겨누고 있는 것을 발견했기 때문이다. 더구나 화살촉에는 불이 붙어 있다. 이른바 불화살, 화전(火箭)이었다.

자중곤과 삼십대 후반의 대상두는 단운비가 아무 말도 없는 것을 보고 그로서도 속수무책인 것으로 짐작하고 더욱 착잡한 심정이 되었다.

그러나 자미령과 창천호위대원들은 단운비 뒤에 늘어서서

그의 명령을 기다렸다.

그들도 바짝 긴장하고 있지만 단운비가 가만히 앉아서 당하지는 않을 것이라고 생각했다.

그때 단운비가 자중곤에게 빠른 어조로 말했다.

"단주, 창룡선과 해룡선을 앞으로 보내고 우리 천룡선이 후미에 서게 하십시오."

자중곤은 의아한 표정을 지었다.

"무엇 때문에 그러는가?"

"우리가 후미에서 왜구선을 막으려는 것입니다."

"막아? 왜구선을?"

자중곤과 대상두는 놀라면서도 어이없는 표정을 지었다.

"그렇습니다. 될 수 있는 대로 일렬을 유지하십시오."

하지만 단운비는 흔들림없이 말했다.

자중곤은 복잡한 표정으로 단우비를 쳐다보았다. 그러나 잠시가 지나자 그의 표정이 점점 변했다.

평소의 단운비는 백무일실(百無一失), 정확하고 빈틈이 없는 사람이었다.

그런 그가 이렇게 말할 때에는 뭔가 왜구선을 물리치거나 지금의 위험에서 빠져나갈 방법 같은 것이 있기 때문일 것이다.

"알았네."

이어서 단운비는 대원들에게 명령했다.

"즉시 긴 봉을 여러 개 가지고 오시오."

대원 두 명이 달려가서 곧 길고 튼튼한 봉 여러 개를 가지고 왔다.

단운비는 일 장 반 길이의 봉을 길이로 단단하게 연결하여 사 장이 넘는 무척 긴 봉을 만들었다.

그는 봉을 두 손으로 굳게 움켜쥐고 배 끝에 우뚝 서서 나직이 외쳤다.

"단주와 대상두께선 맨 뒤로 물러나시고, 대원들은 내 뒤 이 장 거리 내에서 대기하시오!"

사람들은 일사불란하게 움직였다.

창룡선과 해룡선이 앞으로 나가고 천룡선이 후미로 처지며 일렬로 나란히 항해를 하기 시작했다.

그사이에 왜구선은 삼십여 장 거리까지 가까워졌다.

바로 그때 왜구선에서 일제히 화전을 발사했다.

쏴아아!

화전 백여 발이 허공을 뒤덮은 채 천룡선을 향해 소나기처럼 쏟아왔다.

그 광경을 보고 단주 이하 모두들 안색이 급변했다. 배는 나무로 만들어졌기 때문에 일단 불이 붙으면 그야말로 속수무책이기 때문이다.

중원의 해적은 화살은 쏠지언정 화전을 쏘지는 않는다. 상선에 불이 나면 화물까지도 타버릴 위험이 있고, 배가 불타면 상선의 사람들까지 모두 타 죽거나 바다에 빠져서 익사해 버리기 때문이다.

그런데 왜구들은 마구잡이로 일단 화전부터 쏴대기 시작한다. 이것저것 다 귀찮으니까 무조건 상선에 불을 질러서 아비규환으로 만들어놓은 후에 약탈을 하겠다는 잔인한 심보인 것이다.

단주 이하 사람들은 아연실색했다. 싸워보지도 못하고 꼼짝없이 당하게 생긴 것이다.

그때 단운비가 세 개의 봉을 이어서 만든 긴 봉을 두 손으로 움켜잡고 머리 위로 들어 올렸다.

사람들은 그가 무엇을 하려는 것인지 그때까지도 전혀 짐작하지 못했으나, 자미령만이 뭔가 감을 잡았다.

'설마 저것으로 화살들을 튕겨내려고……'

촤아아아!

드디어 화전이 천룡선을 향해 소나기처럼 쏟아져 내렸다.

순간 단운비가 두 발로 힘껏 바닥을 박차고 허공으로 솟구쳐 오르면서 긴 봉을 맹렬하게 풍차처럼 회전시켰다.

위이잉!

그것을 보고 자미령과 단주, 대원들이 똑같이 눈을 휘둥그렇게 떴다.

단운비가 갑판에서 무려 이 장이나 수직으로 솟구쳐 오른 것을 보았기 때문이다.

이 장이면 천룡선의 선실 삼 층과 맞먹는 높이다. 자미령 등은 사람이 저렇게 높이 솟구치는 것을 태어나서 지금 처음 보았다.

더구나 그게 전부가 아니다.

타다다다탁!

쏟아져 내리던 화전이 단운비가 휘두르는 봉에 가로막혀서 무더기로 튕겨 날아가는 것이 아닌가.

간혹 단운비가 놓친 화전이 몇 개 갑판 바닥에 꽂혔으나 그까짓 거야 대원들이 달려들어 뽑아버리면 그뿐이다.

자미령 등은 눈으로 보고 있으면서도 자신들의 눈을 믿지 못하고 만면에 경악을 가득 떠올렸다.

천룡선은 폭이 오 장 남짓이고 또한 화전이 배의 후미 쪽에서 쏘아오기 때문에, 선미 허공에서 단운비가 사 장이 넘는 길이의 봉을 풍차처럼 휘두르자 화전은 더 이상 천룡선에 위협이 되지 못했다.

탁!

그때 단운비가 원래의 자리에 가볍게 내려섰다.

자미령과 단주 등은 긴 봉을 들고 태산처럼 우뚝 서 있는 단운비가 천신처럼 보였다.

쏴아아!

십오륙 장 거리까지 좁혀온 왜구선에서 두 번째 화전이 발사됐다.

하지만 그 역시 단운비가 허공으로 솟구쳐서 모조리 튕겨 내 바다 속에 빠뜨렸다.

왜구선에서는 더 이상 화전을 쏘지 않았다. 왜구선 앞쪽에 모여 있던 왜구들은 천룡선 선미에 우뚝 서 있는 단운비를 보면서 경악하는 표정을 짓고 있었다.

그렇지만 무지하고 잔인한 자들의 공통점은 눈이 있어도 사람을 알아보지 못한다는 것과, 머리가 있어도 상황 파악을 하지 못한다는 사실이다.

거리가 가까워질수록 왜구들은 활처럼 휘어진 기이한 모양의 칼을 휘두르면서 기세가 등등했다.

화전이 안 되면 천룡선으로 뛰어들어서 작살을 내주겠다는 뜻이다.

"대원들."

그때 단운비가 뒤돌아보지 않은 채 나직이 불렀다.

자미령과 대원들은 번쩍 정신이 들어 급히 허리를 굽혔다.

"하명하십시오, 대주!"

그들은 단운비가 너무도 늠름하고 믿음직스러웠기 때문에 씩씩하게 입을 모아 외쳤다.

또한 그들은 단운비가 자신들의 대주이며 사부라는 사실이 너무도 자랑스러웠다.

"후갑판을 삼 열 삼 겹으로 방어하되, 건너오는 자들은 가차없이 주살하시오."

"명을 받듭니다!"

단운비와 함께 있으면 천군만마가 두렵지 않은 자미령과 대원들은 혼천동지(掀天動地)의 기세로 우렁차게 대답했다.

타앗!

바로 그때 그들의 눈앞에 서 있던 단운비가 두 발로 바닥을 힘껏 박차더니 왜구선을 향해 허공으로 비스듬히 솟구쳐 올랐다.

자미령과 대원들은 설마 단운비가 그럴 줄을 꿈에도 예상하지 못했기에 깜짝 놀랐다.

단운비가 갑판에서 날아올랐을 때 두 배의 거리는 무려 사 장이나 됐다.

천룡선의 사람들이 놀라고 있을 때, 아니, 왜구들마저도 크게 놀라 멍하니 서 있을 때, 단운비는 허공 삼 장까지 솟구쳐 올랐다가 한순간 쥐고 있던 긴 봉을 왜구선을 향해 힘껏 내리꽂았다.

위이잉!

긴 봉이 벼락처럼 날아오자 왜구들은 아우성을 치며 피하느라고 법석을 떨었다.

쾅!

긴 봉은 왜구선 후갑판 바닥을 비스듬히 뚫고 들어가 커다란 구멍을 남겼으며, 봉의 모습은 보이지 않았다.

창!

뒤이어 단운비가 허공에서 어깨의 검을 뽑더니 두 팔을 활짝 벌린 채 마치 날개를 활짝 펼친 독수리처럼 왜구들을 향해 덮쳐 내렸다.

"아아……!"

"세상에! 저분이 우리 대장님이시라니……!"

그 광경을 바라보는 자미령과 대원들 입에서 절로 탄성이 흘러나왔다.

단운비는 왜구선 후갑판에 내려서면서 번쩍번쩍 검을 휘둘러 순식간에 다섯 명의 왜구를 거꾸러뜨렸다.

"으악!"

"크아악!"

그는 마치 양 떼 속을 혼자 누비는 맹호처럼 닥치는 대로 왜구들을 주살했다.

왜구들은 처음에는 단운비를 포위하여 제법 공격을 펼치는 것 같더니, 잠시 후에 단운비에 의해서 포위망이 맥없이 무너져 버렸다.

그때부터는 그야말로 파죽지세다. 단운비는 초식을 전개할 필요조차 없었다.

그저 이리저리 누비고 다니면서 검을 찌르고 휘두르면 영락없이 한두 명이 피를 뿌리면서 거꾸러졌다.

그리고 싸움은 그리 길지 않았다. 무지한 자들의 특성은 뜨거운 맛을 봐야 상황 파악을 한다는 점이다.

단운비가 일각여 동안 삼십여 명의 왜구들을 죽이자 그들은 일제히 무기를 버리고 그 자리에 무릎을 꿇더니 머리를 조아리면서 알아듣지 못할 말로 용서를 빌었다.

단운비는 묵묵히 검을 거두고는 왼발을 들어 가볍게 바닥을 한차례 굴렀다.

우지직!

그의 발이 갑판 바닥을 뚫고 발목까지 박혔다.

그것을 보고 왜구들은 소스라치게 놀라면서 안색이 하얗게 질려 버렸다.

그때는 왜구선이 천룡선 선미에 닿아 있는 상태라서 단운비는 성큼성큼 걸어서 천룡선으로 옮겨 탔다.

왜구들은 잔뜩 겁먹은 얼굴로 조심스럽게 고개를 들고 단운비를 쳐다보았다.

단운비는 우뚝 서서 아무 말 없이 손을 저어 가라는 시늉을 해 보였다.

그러자 왜구들은 만면에 기쁜 기색을 떠올리더니 이마를 바닥에 부딪치며 연신 절을 하고는 황급히 배를 떼어내고 뱃머리를 돌려서 부랴부랴 멀어져 갔다.

단운비는 왜구선이 이십여 장쯤 멀어지자 이윽고 느릿하게 몸을 돌렸다.

그러나 그는 사람들이 이상한 표정을 짓고 있는 것을 발견하고 의아한 표정을 지었다. 사람들이 하나같이 넋이 나간 얼굴을 하고 있었기 때문이다.

그는 자신이 왜구들을 무차별 도륙하는 광경을 보고 이들이 놀랐을 것이라고 지레짐작했다.

"대장······."

제일 먼저 정신을 차리고 입을 뗀 사람은 자중곤이다.

"네, 단주."

자중곤은 주춤주춤 단운비에게 다가왔다. 처음에 그는 넋이 나간 얼굴이었는데, 다가오는 동안 더없이 기쁘고 감격스러운 표정으로 변했다.

덥석!

"자네 정말 굉장하군!"

자중곤은 두 손으로 단운비의 손을 그러쥐면서 찬탄을 터뜨렸다.

"혼자서 그 많은 왜구들을 물리치다니··· 나는 아직도 믿어지지 않는다네."

단운비는 그제야 이들이 자신의 활약 때문에 무척 놀랐다는 사실을 깨달았다.

그때 자미령이 번쩍 정신을 차리고는 갑자기 와악! 하는 비명 비슷한 소리를 지르면서 단운비에게 곧장 달려왔다.

탁!

그녀는 자중곤을 어깨로 밀치더니 그대로 단운비의 품에 안겨 두 팔로 그의 허리를 끌어안으며 자지러지는 외침을 터뜨렸다.

"꺄악! 운비 오빠 최고예요! 너무 멋있었어요!"

그녀는 단운비의 가슴에 뺨을 마구 비비면서 발을 동동 구르며 어쩔 줄을 몰라 했다.

그러자 대상두와 대원들도 단운비 주위로 몰려들어 환호성을 터뜨렸다.

"와아! 대장! 정말 존경합니다!"

"야아! 저는 꿈을 꾸고 있는 줄 알았습니다!"

단운비는 조금 머쓱한 표정을 지었다.

"밥값은 해야지요."

자중곤은 두 손을 마구 저었다.

"이 사람아! 밥값이 다 뭔가? 그런 말 말게! 자넨 우리 백오십칠 명의 목숨과 소중한 화물을 구한 걸세! 그 은혜를 어찌 말로 다할 수 있겠나!"

그때 대상두가 아쉬운 듯한 표정으로 말했다.

"대장, 그런데 어째서 모조리 죽여 버리지 않고 왜구들을 살려서 보낸 것이오? 저놈들은 돌아가서 다시 다른 상선들을 약탈할 것이오."

그는 대상두라는 지위에 나이도 삼십대 후반이지만, 조금 전에 단운비의 천신 같은 무위를 보고는 그를 함부로 대하지 못했다.

대상두의 말에 모두들 공감한다는 듯 고개를 끄덕였다.

“어? 저기……..”

그때 왜구선을 쳐다보던 대원 한 명이 놀란 표정으로 그쪽 방향을 가리켰다.

그러자 모두들 그가 가리킨 방향을 쳐다보다가 놀라서 눈을 휘둥그렇게 떴다.

“아니? 왜구선이 가라앉고 있잖습니까?”

“저게 왜 저러지?”

그렇다. 천룡선으로부터 백여 장 정도 떨어진 곳에서 왜구선이 점점 침몰하고 있었다.

짝!

“그렇구나! 이제 알겠어요!”

자미령이 손뼉을 치면서 탄성을 터뜨렸다.

“아까 운비 오빠가 허공에서 봉을 집어던졌을 때 왜구선 바닥에 구멍을 뚫은 거였죠? 그래서 물이 차올라서 가라앉고 있는 거죠?”

단운비는 가볍게 고개를 끄덕였다.

“그렇소.”

“역시 운비 오빠는 최고예요! 저런 버러지 같은 놈들은 살려둬선 안 돼요!”

자미령은 엄지손가락을 치켜세우며 마치 자신이 왜구선을 침몰시킨 양 으스댔다.

자중곤은 흡족한 미소를 지으며 연신 고개를 끄덕였다.

"과연! 과연!"

그는 단지 그 말밖에 하지 않았다. 더 이상 할 말이 없기 때문이다.

그렇더라도 사람들은 그 말속에 함축된 많은 의미를 다 알아들었다.

단운비와 사람들이 지켜보고 있는 가운데 잠시 후 왜구선은 바다 속으로 완전히 자취를 감추었다.

第三十二章
마녀(魔女)

풍림화산

거대한 거선 열 척이 일렬로 항주만(杭州灣)의 파도를 가르면서 육지를 향해 미끄러지듯 항해하고 있다.

거선 한 척의 크기는 작은 성채에 비할 수 있을 정도로 거대하다.

그런 어마어마한 거선 열 척이 일렬로 바다 위를 달리는 광경은 너무도 웅장했다.

거선에는 여러 채의 전각과 높은 누각들이 하늘을 찌를 듯이 솟아 있는데, 그중 가장 높은 누각의 지붕 꼭대기에서 깃발 하나가 세찬 바람에 펄럭이고 있었다.

창천(蒼天).

깃발에 굵직하게 수놓아져 있는 두 글자다. 이들 열 척의
거선은 바로 창천해상단의 상선인 것이다.
창천해상단 열 척의 거선들이 일렬로 항주만을 지나 전당
강(錢塘江) 하구로 들어서자 주위를 오가는 수많은 배에서 사
람들이 몰려 나와 구경을 하느라 정신이 없었다.
그들이 보고 있는 것은, 중원삼대상단(中原三大商團)의 하
나인 창천해상단인 것이다.

가장 선두에서 달리고 있는 거선은 창천해상단 열 척의 지
휘선(指揮船)이다.
창천해상단은 외국으로 장사를 하러 가는 거선만 사십여
척을 보유하고 있었다. 지금 이들은 그중 제일 창천해상단(第
一蒼天海商團)이다.
선두 지휘선, 즉 천룡선은 길이가 오십여 장이고 폭이 십오
장, 갑판에는 다섯 채의 거대한 고루거각이 지어져 있다.
천룡선 한복판의 오 층짜리 누각 꼭대기 층에 몇 사람이 서
서 저 멀리 항주성 포구를 응시하고 있었다.
누각 전망대 앞쪽에는 일남일녀가 나란히 서 있고, 뒤쪽에
는 호위무사인 듯한 남녀 네 명이 서 있다.
앞에 서 있는 일남일녀는 그야말로 기남숙녀(奇男淑女)라

는 것은 이렇다고 보여주는 듯했다.

남자는 이십일이 세 정도의 청년인데, 키가 육 척이 훨씬 넘었으며, 후리후리한 체구에 옥을 빚어 다듬은 듯 준수한 용모다.

일신에는 먹처럼 검은 흑의 경장을 입었다. 눈처럼 흰 살결과 먹처럼 검은 흑의가 묘한 조화를 이루어서 그를 한층 돋보이게 해주었다.

오른쪽 어깨에는 고색창연한 한 자루 검을 멨고, 손에는 검붉은 색의 두 자 길이에 어린아이 손목 절반 굵기의 매끄러운 짧은 봉을 쥐고 있다.

그는 다름 아닌 단운비다.

그가 창천해상단의 호위무사가 된 지 어언 이 년이라는 세월이 흘렀다.

현재 그의 나이는 이십일 세. 천하에서 짝을 찾아보기 어려울 정도의 청년으로 변모한 것이다.

단운비 옆에 서 있는 여자는 자미령이다. 그녀는 올해 이십 세가 되었다.

자미령은 지난 이 년 동안 단운비의 그림자이며 수족으로서, 그리고 여동생으로서 충실하게 그를 보필했다.

지금 그녀는 이 년 전에 비해서 더욱 아름다워지고 성숙한 여인이 되었다.

그때 자미령이 포구에서 시선을 거두어 단운비를 보면서

살짝 미소를 지으며 물었다.

"총태두(總太頭), 넉 달 만에 돌아오니까 감회가 어때요?"

예전의 그녀는 남들이 있거나 말거나 그를 '운비 오빠'라고 부르며 졸졸 따라다녔으나, 지금은 공석에서는 그의 직책인 '총태두'라고 부른다.

물론 사석에서는 '운비 오빠'라고 부르면서 예전처럼 온갖 아양과 애교를 다 부리고 있었다.

지난 이 년 동안에 실로 많은 변화가 있었다.

창천해상단은 이 년 전에 비해서 백 배 이상 거대해졌다.

그리고 그 공의 구 할 이상이 순전히 단운비 덕분이라는 사실을 부인할 사람은 창천해상단에 아무도 없었다.

이 년 전, 왜국 남쪽 해협에서 왜구선 한 척을 통째로 수장시킨 이후, 단운비는 같은 방법으로 수십 척의 왜구선을 격파시켰다.

그러면서 창천해상단에 큰 변화가 생겼다. 왜구들이 무서워서 더 이상 섬과 섬 사이의 좁은 해협으로 숨어 다니지 않아도 된 것이다.

왜국과의 교역은 막대한 이문을 남긴다. 왜국은 도자기조차도 만드는 기술이 없기 때문에 거의 모든 문물을 중원의 상인들에게 의존한다.

그렇지만 왜구들이 하도 극성이라서 상선들은 왜국과의 교역을 회피하고 있는 실정이었다.

운이 좋으면 교역에 성공하여 막대한 이익을 남기지만, 재수가 없으면 왜구선에 걸려 떼죽음을 당하고 만다.

왜국에서는 중원의 물건들을 간절하게 원하고 있는데, 중원의 상인들이 공급하는 물량은 턱없이 부족한 것이다.

그러므로 왜구선을 두려워하지 않는 창천해상단이 수시로 왜국을 오가면서 막대한, 아니, 어마어마한 이문을 남기게 된 것은 자명한 일이다.

단운비가 창천호위대장이 되어 활약을 시작한 지 서너 달이 지났을 때부터는 왜구선들이 먼발치에서 창천해상단의 깃발만 보고도 도망을 치는 일이 벌어졌다.

창천해상단을 건드리면 깡그리 몰살당한다는 소문이 왜구들 사이에 파다하게 퍼졌기 때문이다.

그야말로 창천해상단의 교역은 순풍의 돛을 달았다.

원래 중원의 상선들은 왜국의 남쪽 몇몇 포구에만 기항을 하면서 장사를 해왔다.

하지만 그때부터 창천해상단은 상선을 더 건조하고 구입하여 왜국 전역으로 상권을 넓혔다.

더 크고 튼튼한 상선을 여러 척 보유하게 된 창천해상단은 단운비의 권유로 왜국만이 아닌 다른 나라에까지 상역(商域)을 넓혔다.

창천해상단은 최상품의 물건만을 취급했다. 그래서 어느 나라에서나 인기 폭발이었다.

단운비는 중원의 물건만 팔지 말고 각 나라의 좋은 물건들을 구입해서 중원에 팔자고 제의했고, 말마따나 그것이 대박을 터뜨렸다.

기름에 불을 붙이면 어떻게 되겠는가. 당연히 삽시간에 불바다가 된다.

창천해상단이 그 짝이었다. 그들은 거대한 불길처럼 일어나 불과 이 년여 만에 지금의 거대 상단으로 성장한 것이다.

그동안 단운비의 직함은 창천호위대장에서 총태두로 수직 상승했다.

단주 바로 아래가 총태두다. 창천해상단의 제이인자라는 뜻이다.

최초에 단운비가 무술을 가르쳤던 삼십 명의 대원들은 일 년쯤 지났을 때에는 어디에 내놔도 꿀리지 않을 정도의 실력을 지니게 되었다.

해상단의 상선이 급속도로 늘어나자 단운비는 삼십 명의 대원들을 중호위장(中護衛長)으로 임명하고, 그들로 하여금 호위대원들을 모집, 무술을 가르치도록 했다.

그 결과 현재는 각 상선에 한 명의 중호위장과 오십 명의 호위대원들이 상주하고 있었다.

물론 호위대원들은 평소에는 자신들의 역할, 즉 상두나 상보사의 책임을 다하고, 일단 유사시에 호위대원이 되어 상선을 호위하는 것이다.

단주 자중곤은 이제 육지에서 머물고 있었다. 해상단의 일은 모두 총태두 단운비에게 일임하고, 자신은 육지에서 다른 장사를 하고 있는 것이다.

총태두 휘하에는 사십 명의 대상두들이 있고, 그들이 각 상선을 지휘한다.

그리고 그 아래에는 육백여 명의 상두가 있으며, 각 상두는 이십 명씩의 상보사를 거느린다.

각 상선의 중호위장은 별정직이다. 그들은 오직 총태두인 단운비의 명령에만 복종한다.

"음, 그렇군."

해풍에 머리카락과 옷자락을 흩날리고 있는 단운비는 다른 생각에 골몰하느라 자미령의 물음에는 맞지도 않는 대답을 건성으로 했다.

예전에는 그것 때문에 많이도 토라지고 오해를 했던 자미령이다.

하지만 지금은 의례히 그러려니 하고 생각한다. 아무것도 하고 있지 않을 때의 단운비가 늘 우울한 표정으로 뭔가를 깊이 생각하고 있는 모습을 지난 이 년 동안 지겹도록 많이 보아왔기 때문이다.

이 년이 지났지만 자미령은 아직까지도 단운비에 대해서는 이름 석 자 외에는 아무것도 모르고 있었다. 그가 자신에 대해서는 입을 굳게 다물고 있기 때문이다.

그래도 자미령에게 있어서 단운비는 하늘이고 신이다. 그
것은 이 년 전이나 지금이나 변함이 없다.

창천해상단 제일해상단은 항주성 포구에 접안하지 못하고
앞바다에 닻을 내리고 정박했다.

배가 워낙 크기 때문에 바닥이 닿아서 포구로 들어가지 못
하는 것이다.

열 척의 상선이 정박하자 근처에서 대기하고 있던 수백 척
의 중, 소형 선박들이 벌 떼처럼, 그러나 일사불란하게 모여
들었다.

상선이 외국에서 사들인 귀한 화물을 육지로 운반하기 위
해서다.

물론 이들 중, 소형 선박들도 모두 창천해상단 소유인 것은
두말하면 잔소리다.

"가자."

단운비는 나직이 말하고는 몸을 돌려 누각의 계단을 내려
가기 시작했다.

그 뒤를 자미령이 바짝 따르고, 네 명의 남녀가 둘씩 짝을
지어 따랐다.

그들 네 명의 남녀는 단운비가 특별히 키운 최측근 호위무
사들이다.

단운비는 그냥 그들 각자의 이름을 부르지만, 사람들은 그
들을 '해룡사위(海龍四衛)' 라고 부른다.

단운비가 중형 선박으로 갈아타기 위해서 갑판으로 내려오자 대상두가 배웅을 하러 나왔다.

그는 이 년 전에 천룡선의 대상두였던 바로 그 사람이다.

단운비가 자신의 윗사람이 됐으나 그는 추호도 원망이나 질투 같은 것을 하지 않는다.

예전에 조그만 상선 세 척을 끌고 다녔던 창천해상단과 지금의 창천해상단이 다르듯이, 그 당시의 대상두와 지금의 대상두라는 지위가 판이하게 다르기 때문이다.

단운비 일행이 포구에 올라서니 빈 수레가 끝도 없이 줄지어 늘어서 대기하고 있다.

중, 소형 선박들이 상선에서 화물을 실어오면 그것을 가져가기 위해서 대기하고 있는 것이다. 그들 역시도 창천해상단 사람들이다.

단운비는 자미령과 해룡사위를 거느리고 대기하고 있는 마차까지 십여 장 거리를 걸어갔다.

그러자 포구에 있던 사람들이 하나같이 일손을 멈추고 그를 향해 공손히 허리를 굽혀 인사를 했다.

그것은 그냥 힘있는 자에게 건성으로 하는 인사가 아니라 진심에서 우러나오는 예우다.

단운비가 항주성의 빈민 구제를 위해서 많은 일을 했기 때문이다.

현재 항주성에서 단운비 덕분에 밥을 먹고 있는 사람이 수만 명에 달하고 있는 실정이었다.

그때 인사를 하고 난 어떤 사람이 단운비를 보면서 눈이 부신 듯한 얼굴로 중얼거렸다.

"아, 해룡신(海龍神)께선 언제 뵈어도 헌앙하시군."

우두두—

네 마리 준마가 끄는 사두마차가 항주성 내를 천천히 달리고 있었다.

마차 안에는 단운비와 자미령이 탔으며, 마부석에는 해룡 사위의 해룡일위와 이위가 나란히 앉아서 마차를 몰고, 삼위와 사위는 두 필의 말에 나눠 타고 마차 양쪽에서 바짝 따르고 있다.

화려하기 짝이 없이 치장된 마차 안에서 단운비는 푹신한 호피의에 몸을 파묻고 두 손을 머리 뒤로 돌려 깍지를 낀 채 비스듬히 기댄 자세로 눈을 감고 있다.

"운비 오빠, 오랜만에 돌아왔으니까 이번에는 꼭 가까운 데라도 유람을 다녀와요, 네?"

자미령은 단운비 곁에 찰싹 붙어서 그의 팔을 두 팔로 안듯이 가슴에 끌어안고 코 먹은 목소리로 보채듯이 물었다.

"갈 곳이 있소."

단운비는 눈을 뜨지 않고 나직이 중얼거렸다.

자미령은 반색했다.

“어딘데요?”

대답이 없는데도 그녀는 개의치 않고 단운비에게 더 달라붙었다.

“같이 가요.”

이번에도 대답이 없다. 자미령이 무엇인가 물었을 때 단운비는 거의 대답을 하지 않는다.

어쩌다가 대답을 할 경우라고 해도 한마디 이상 한 적이 없었다.

“꼭 같이 가야 해요. 꼭.”

자미령은 단운비의 손가락을 들어 자신의 손가락에 걸고 몇 번이나 흔들며 다짐했다.

그렇지만 자미령은 이번에도 단운비가 혼자서 몰래 외출했다가 돌아올 것이라는 사실을 짐작하고 있었다.

이번만은 놓치지 말아야지, 이번만은, 이라고 결심을 한 것이 벌써 수십 번이지만 단 한 번도 그를 따라가지 못했던 그녀다.

이들 두 사람처럼 기묘한 관계도 드물 것이다.

자미령은 처음 만났을 때부터 단운비를 ‘오빠’라고 부르면서 정말 친 여동생처럼 그를 따랐으나, 단운비는 결코 그녀를 여동생으로 생각한 적이 없다. 물론 여자로 보는 것은 더더욱 아니다.

그럼에도 불구하고 자미령은 지치지도, 싫증을 내지도, 원망하지도 않으면서 꾸준히 그를 따랐다.

자미령은 단운비가 극도로 말을 하지 않고, 몇 번을 물어봐야 겨우 한마디 하고는 침묵하는 것에 대해서 절대 뭐라고 하지 않는다.

그것을 문제 삼을 경우 자신과 단운비의 관계에 틈이 벌어질 것을 염려하기 때문이다.

그 대신 자미령은 단운비에게 매달리고 그의 몸을 만지고 온갖 응석과 애교를 부리는 것으로 위로를 삼는다.

단운비는 그녀가 하는 대로 내버려 둔다. 생각에 골몰하는 데에 지장이 없기 때문이다.

그리고 단운비가 말이 없는 것을 자미령이 문제 삼지 않듯이, 그도 그녀가 자신을 만지고 매달리는 것에 대해서 일체 개의치 않는다.

서로 그렇게 하자고 약속을 한 적은 없으나, 그것은 두 사람의 묵약(默約) 같은 것이다.

덜컹!

"어맛?"

그때 갑자기 마차가 급정거를 하는 바람에 단운비에게 매달려 있던 자미령이 앞쪽으로 고꾸라졌다.

"으아앙!"

그리고는 마차 앞쪽에서 어린아이 우는 소리가 커다랗게 들려왔다.

그러자 단운비는 어린아이가 마차에 치인 것이 아닌가 싶어서 번쩍 눈을 뜨고 즉시 밖으로 나갔다.

멈춰 선 마차 앞 길바닥에는 한 명의 남루한 옷차림의 젊은 여인이 주저앉아 있고, 그녀의 품에서 두어 살배기 어린아이가 목을 놓아 울고 있었다.

"무슨 일이냐?"

단운비가 묻자 마부석의 두 명이 벌떡 일어섰고, 그중 일위가 공손히 대답했다.

"아이가 갑자기 마차 앞으로 뛰어들어서 급히 정지한 것입니다만, 아이는 다치지 않았습니다."

일위의 마차를 모는 솜씨는 일품이다. 그가 아이를 치었을 리가 없다.

단운비는 마차 앞으로 걸어가서 젊은 여인을 조심스럽게 부축해서 일으켰다.

"미안하오."

"아아… 대인……."

여인은 황송한 듯 어쩔 줄을 몰라 하며 쩔쩔맸다. 그녀는 해룡신이라는 별호는 귀가 따갑게 들었으나 실제로 본 적은 한 번도 없다.

그렇지만 창천해상단의 문장이 새겨진 마차에서 내린 절세의 귀공자가 해룡신일 것이라고 짐작하는 것은 어려운 일이 아니었다.

"괜찮다. 울지 마라. 뚝."

단운비는 결사적으로 우는 어린아이를 여인의 품에서 안아 들고 머리를 부드럽게 쓰다듬으며 얼렀다.

그러자 그토록 울어대던 아이가 울음을 뚝 그쳤다.

단운비는 자신의 소매로 어린아이의 눈물과 콧물을 깨끗이 닦아주고는 다시 여인에게 돌려주었다.

그 광경을 지켜보는 많은 사람들은 크게 감동하여 연신 고개를 끄덕이며 해룡신을 칭송하였다.

단운비가 다시 마차에 타고 떠나가자 여인은 멀어지는 마차를 향해 공손히 허리를 굽혔다.

그녀는 허리를 펴고 품에 안고 있는 아이를 보다가 눈을 휘둥그렇게 떴다.

아이가 까득까득 웃으면서 무엇인가를 입으로 쪽쪽 빨고 있는데, 그것은 누렇게 번쩍이는 금빛 금화가 분명했다.

아이는 커다란 금화를 엄마 입에 대면서 종알거렸다.

"엄마, 이거 아찌가 줬쪄."

여인은 아이에게서 금화를 받아 들고 이미 보이지 않는 마차를 향해 그 자리에 무릎을 꿇고 땅바닥에 머리를 조아렸다.

그녀가 흘린 눈물이 땅을 적셨다.

'맙소사! 주군이시라니……!'

단운비가 탄 마차가 떠나간 거리에 모여 있던 사람들이 흩

어지기 시작하는데, 어느 한 사람은 그 자리에 돌부처가 된
듯 서서 넋을 잃은 얼굴로 중얼거렸다.

  그는 일신에 평범한 황의 경장을 입었으며, 어깨에는 한 자
루 도를 멘 이십대 후반의 나이에 네모 각 지고 짙은 구레나
룻을 기른 용맹하고 강직한 용모를 지닌 청년이다.

  그는 행인들이 지나가면서 툭툭 어깨를 부딪치는 것도 모
르는 듯 조금 전에 마차가 사라진 거리 저쪽을 망연히 바라보
고 있다.

  '틀림없는 단운비 주군이시다. 내가 주군을 알아보지 못할
리가 없다.'

  그는 조금 전에 우연히 길을 가다가 마차에서 내린 한 청년
을 목격하고는 그 자리에 굳어버렸다.

  '아아, 하늘은 무심하지 않으셨다. 주군께서 무사히 살아
계시다니……'

  우두커니 서 있는 그의 두 눈에서 굵은 눈물이 주르르 흘러
내렸다.

  행인들이 그를 보면서 이상한 표정을 지었으나 그는 개의
치 않고 감격에 빠져 있었다.

  문득 퍼뜩 정신을 차린 그는 주위를 두리번거리다가 조금
전의 젊은 여인을 발견하고 빠르게 다가갔다.

  이어서 여인의 어깨를 덥석 잡으며 물었다.

  "여인, 조금 전에 그 청년이 누구요?"

"아… 그분은… 창천해상단의 해룡신이에요."

여인은 겁에 질려 몸을 떨면서 겨우 대답했다.

'주군께서 그 유명한 해룡신이었다니……'

청년은 아연실색한 얼굴로 내심 중얼거렸다.

"고맙소."

그리고는 여인에게 치하하고 즉시 그 자리를 떠났다.

떠나기 전에 그는 아이의 손에 무엇인가를 쥐어주었는데, 여인이 그것을 확인해 보니까 놀랍게도 그것은 또 하나의 금화였다.

창천해상단의 육상총단(陸上總團)인 창천장(蒼天莊)은 항주성 번화가 한복판에 위치해 있었다.

삼십여 채의 거대한 전각들로 이루어진 창천장은 항주성 내에서 가장 큰 장원이다.

그 장원 어느 일각에서 날카로운 외침이 터져 나왔다.

"아악! 운비 오빠 또 나 몰래 외출했잖아!"

항주성 외곽의 평범한 이층 주루.

이층의 어느 방에 단운비가 단정한 자세로 앉아 있고, 뒤에는 해룡사위가 나란히 늘어서 있다.

단운비 맞은편에는 한 명의 청년이 두 손을 앞에 모은 공손한 자세로 시립하듯이 서있다.

“대인, 별로 알아낸 것이 없습니다.”

청년은 이곳 주루의 주인이다. 그는 알아낸 게 없는 이유가 제 잘못이라도 되는 듯 어찌할 바를 몰라 하는 표정이다.

“다만 독천을 목격했다는 몇몇 뱃사람의 말을 듣고 소인이 그 즉시 그 장소로 가봤으나 독천은 어디에도 없었습니다. 아마도 몇 푼의 상금에 눈이 어두워서 거짓 정보를 제공한 것 같습니다.”

주루 주인은 주루에 단골로 오는 손님들에게 일일이 독천의 모습을 설명해 주고는 독천을 목격한 사람에게는 온자 열 냥, 독천이 있는 장소를 알려주는 사람에겐 이십 냥의 상금을 걸었었다.

단운비는 말없이 고개를 끄덕였다.

“그리고…….”

부스럭.

주인은 품속에서 한 장의 종이를 꺼내 펼쳐서 단운비 앞 탁자에 조심스럽게 펼쳐 놓았다.

그 종이에는 한 아름다운 여자의 전신(傳信:초상화)이 정교하게 그려져 있었다.

다름 아닌 한소진을 그린 그림이고, 단운비가 직접 그렸다.

“이 여자 분을 봤다는 사람이 있었습니다.”

주인의 말에 단운비의 눈에서 번쩍 기광이 뿜어졌다.

“어딘가?”

"열흘쯤 전에 강소성(江蘇省) 남경(南京)의 동빈각(東賓閣)
이라는 주루에 하룻밤 묵은 적이 있다고 그곳 주인이 연락을
해왔습니다."

"그래?"

그러자 해룡사위의 일위가 공손히 읍을 했다.

"말을 준비하겠습니다."

단운비가 고개를 끄덕이자 해룡사위의 사위가 쏜살같이
밖으로 달려나갔다.

이런 일이 자주 있었는지 해룡사위의 반응은 즉각적이었
다.

이곳 주루 영화루(榮華樓)는 일 년 반 전에 단운비가 내어
준 곳이다.

영화루의 주인이나 점소이들은 과거에 하구촌이나 상박촌
에서 살았던 거지들이다.

삼 년여 전에 하구촌은 근처의 거지 패거리 상박촌의 공격
을 받았으나 단운비와 청산의 도움으로 상박촌을 굴복시키고
하구촌으로 병합시켰다.

이후 하구촌 왕초 흑곰은 거지 패거리를 잘 이끌어서 세력
을 항주성 입구 언저리까지 넓혀 나갔다.

그런데 어느 날 단운비와 청산이 감쪽같이 실종되더니, 며
칠 후에는 하구촌 왕초 흑곰과 불꼬챙이 남매마저 어디론가
떠나 버렸다.

그래서 하는 수 없이 제이인자였던 너구리가 왕초가 되어 하구촌을 이끌기 시작했다.

그런데 너구리는 흑곰처럼 강하지도, 지도력이 뛰어나지도 않았기 때문에 하구촌 패거리는 점차 세력이 약화되고 항주성 입구에서도 쫓겨나 다시 원래의 하구촌으로 되돌아와서 예전의 비참한 거지 생활로 돌아갈 수밖에 없었다.

그런데 일 년 반쯤 지난 어느 날, 말쑥한 차림의 단운비가 불쑥 하구촌에 나타난 것이다.

단운비는 청산이나 흑곰, 불꼬챙이를 만나지 못해서 몹시 서운하게 여겼으나 그렇다고 하구촌 거지 패거리를 모른 체하지는 않았다.

그는 지니고 있던 모든 돈을 털어서 이곳에 있던 주루를 사 들여서 하구촌 거지들의 주요 수입원으로 만들어주었다.

그리고 몇 달 후에 다시 나타나서는 이번에는 두 개의 주루와 한 개의 객잔을 내주면서 하구촌 거지 패거리들이 모두 그곳에서 일하며 생활하라고 말했다.

너구리는 단운비의 말을 잘 따랐다. 그는 거지 패거리 왕초 노릇에는 소질이 없었을지 모르지만, 장사에는 제법 솜씨가 있어서 하구촌 패거리들을 잘 이끌었다.

단운비가 이들에게 원하는 것은 딱 두 가지였다.

첫째는 독천과 한소진의 행방을 수소문하는 것이고, 둘째는 하구촌 패거리가 다시는 거지 생활을 하지 않고 편안하게 사는 것이다.

단운비가 말을 준비하러 나간 사위를 기다리고 있을 때, 점소이가 조심스럽게 방으로 들어와서 전해주었다.

"대인, 어떤 사람이 대인을 뵙기를 원합니다요."

단운비는 점소이를 잠깐 힐끗 쳐다보고는 시선을 거두었다.

만날 필요가 없다는 뜻이다.

점소이는 쭈뼛거리면서 다시 말했다.

"그 사람이 대인께 꼭 전하라는 말이 있습니다요."

그래도 단운비는 점소이를 쳐다보지 않았다.

주인 너구리가 점소이더러 그만 나가라고 눈짓을 보냈다.

점소이는 몸을 돌려 나가면서 혼잣말처럼 중얼거렸다.

"그 사람 말이… 자기는 떨어뜨린 깃털을 찾으러 왔다고. 무슨 헛소리를 하는 것인지……."

순간 단운비의 얼굴이 홱 변했다. 이어서 그는 자리에서 벌떡 일어나며 해룡사위로서는 처음 들어보는 다급한 목소리로 외쳤다.

"그는 어디에 있느냐?"

삼 년 전에 두 명의 거지가 철석같은 주종 관계를 맺은 적이 있다.

그때 주군이 된 거지가 종이 된 거지에게 말했었다.

“좋아. 따라와도 좋다. 그러나 언제든 떠나고 싶으면 떠나라. 단, 깃털[翎]은 남기지 말도록.”

막 문을 열고 나가려던 점소이는 깜짝 놀라서 돌아보았다.

그때 문밖에서 나직하고도 웅혼한, 그리고 가늘게 떨리는 사내의 목소리가 들려왔다.

“속하 여기 대령했습니다.”

왈칵!

단운비는 거칠게 문을 열었다.

활짝 열린 문밖에는 한 사내가 무릎을 꿇은 채 이마를 바닥에 댄 너무도 공손한 자세를 취하고 있었다.

그 사내는 아까 항주성 대로에서 여인을 붙잡고 단운비에 대해서 물었던 바로 그 황의청년이었다.

“너……”

단운비는 당장이라도 청년에게 달려들 듯한 자세로 입을 열었는데 목이 잠겨서 말을 잇지 못했다.

그의 얼굴은 격동으로 붉게 달아올랐으며 부릅떠진 두 눈에는 반가움이 가득했다.

꿇어 엎드린 청년은 몸을 부들부들 떨면서 울먹이는 목소리로 입을 열었다.

“속하 청산, 주군을 보필하지 못한 대죄를 저질렀으니…

부디 중벌을 내려주십시오.”

아아, 청산. 그는 바로 청산이었다.

단운비는 말없이 다가가 두 손으로 청산의 우람한 어깨를 덥석 잡고는 일으켜 세웠다.

단운비에게 어깨가 잡힌 청산이 스르르 얼굴을 들었다.

장부 중에서도 대장부 청산의 얼굴은 온통 눈물로 얼룩져 있었다.

“주군…….”

“이놈! 청산!”

와락!

단운비는 청산을 와락 가슴에 끌어안았다.

“주… 군… 크흐흑!”

청산은 단운비의 가슴에 얼굴을 묻고 뜨거운 눈물을 왈칵 쏟아냈다.

“반갑다.”

단운비는 청산을 깊이 끌어안고 등을 토닥거리며 그 말만 했다.

그리고 그의 눈에서도 뜨거운 눈물이 흘러나왔다.

*　　　*　　　*

칠흑같이 어두운 밤.

밤보다 더 어두운 밤바다에 그보다 더 새카맣고 거대한 배 한 척이 떠 있다.

독천이라는 이름으로 불리는 거선이다.

독천 선창의 꽤 넓은 광장에 수십 명이 모여 있다.

질서있게 열 명씩 네 줄 종대로 서 있는 앞쪽에 세 사람이 마주보는 자세로 서 있었는데, 그들은 다름 아닌 삼천존과 용호쌍전주다.

삼천존은 삼천혈세록의 첫 번째 임무를 무사히 성공하고 돌아온 사십 명에게 두 번째 임무를 지시하려고 그들을 이 자리에 불러 모았다.

삼천존은 도열해 있는 사십 명, 즉 사무살과 삼십육비를 찬찬히 둘러보았다.

맨 앞에는 사무살이 서 있고, 각자의 뒤에는 자신들의 직속 수하인 구비(九秘)가 서 있다.

삼천존의 시선이 이윽고 맨 오른쪽에 서 있는 무살에게 고정되었다.

팔대지옥계를 가장 빠른 시일에, 그리고 가장 우수한 성적으로 수료하여 무혼살(無魂殺)로 정해진 사람이다.

무혼살은 놀랍게도 여자다.

피처럼 새빨간 혈의(血衣)를 입고 있으며, 양 어깨에는 쌍검이 메어져 있다.

시체처럼 창백한 얼굴에 감히 '천하제일'이라고 해도 과언이 아닐 정도의 절대완미한 미모의 소유자다.

이 년 전, 그녀는 '한소진'이라는 이름을 갖고 있었다. 그러나 지금은 단지 무혼살일 뿐이다.

무혼살은 십구 세가 되었다. 그러나 그녀에게 나이는 아무런 의미가 없다.

무혼살을 응시하는 삼천존의 입가에 흐릿하게 미소가 설핏 피어올랐다.

자신이 길러낸 가장 완벽한 살수(殺手)를 보는 것이 흡족하기 때문이다.

이 년 전에 무혼살이 잡혀왔을 때, 아내를 찾으러 온 잘생긴 청년이 있었으며, 그 당시에는 그를 잡아서 무혼살로 키울 계획이었다.

그러나 이제는 그 당시 일을 후회하지 않는다. 지금 삼천존 앞에 서 있는 무혼살은 더 이상 완벽할 수 없는 지상 최강의 살수이기 때문이다.

사무살의 첫 번째 임무는 삼천혈세록에 기록된 삼천 명 중에서 네 명을 암살하는 것이었다.

사무살은 귀신도 모를 정도로 감쪽같이 표적들을 죽이고 무사히 귀환했으나 삼천존은 칭찬 한마디 하지 않았다.

왜냐하면, 칭찬을 해도 사무살은 알아듣지 못한다. 또 다른 최면술인 후최면종령술(後催眠從靈術)에 정신이 제압당해 있기 때문이다.

그 수법에 제압당하면 말 그대로 노예가 된다. 시키면 시키는 대로 행하고, 묻는 말에만 대답을 하며, 고통도 느끼지 못하고, 오욕칠정도 잃어버린다.

말하자면 사무살과 삼십육비는 살아서 숨을 쉬는 강시(殭屍)인 셈이다.

"흠!"

삼천존은 말을 시작하기 전에 주먹을 입에 대고 가볍게 헛기침을 하는 버릇이 있다.

"두 번째 임무를 하달하겠다."

슥—

그가 다음 말을 하려는데 갑자기 무혼살이 한 걸음 앞으로 걸어나왔다.

"무혼살, 제자리로 돌아가라."

삼천존 오른쪽에 서 있던 용전주가 나직이 꾸짖었다.

그러나 무혼살은 무표정한 얼굴로 우뚝 서 있을 뿐 꼼짝도 하지 않았다.

사무살 삼십육비는 오직 후최면종령술을 시술한 사람, 즉 삼천존의 명령에만 따른다.

"무혼살, 자리로 돌아가라."

삼천존은 조용히 명령하고 다음 말을 이을 준비를 했다.

그런데 무혼살이 제자리로 돌아가기는커녕 곧장 자박자박

걸어서 삼천존에게 다가오는 것이 아닌가.

그러자 삼천존의 회백색 짙은 눈썹이 슬쩍 찌푸려졌다.

순간적으로 그는 후최면종령술이 풀린 것인가, 라고 생각했으나 곧 그럴 리가 없다고 확신했다.

후최면종령술은 시술자인 삼천존 자신이 풀어주지 않는한 목숨이 끊어져도 풀리지 않는다.

무혼살은 삼천존 한 걸음 앞에 우뚝 멈춰 섰다.

삼천존은 그녀에게 무슨 이상이 생긴 것인지 미간을 좁히며 궁리했지만 딱히 그럴 만한 일이 생각나지 않았다.

그때 무혼살이 입을 열었다.

"삼천존."

시키지도 않은 말을 했다. 더구나 시술자인 삼천존을 거침없이 부르고 있다.

"무혼살 너……."

피식!

순간 무혼살의 입초리가 살짝 올라가면서 어이없다는 듯한 실소가 살짝 매달렸다.

그리고 또 말.

"내가 아직도 무혼살로 보이느냐?"

"……."

삼천존은 말문이 막혔다. 그리고 그의 눈이 부릅떠졌다. 지금 이날까지 그를 이처럼 놀라게 만든 사람은 한 명도 없었다. 무혼살이 처음이다.

뭔가 잘못됐다는 생각이 들었으나, 무엇이 잘못됐는지는 알 수가 없었다.

"네 이년……."

그때 삼천존 왼쪽에 서 있던 호전주가 얼굴을 무섭게 일그러뜨리며 무혼살에게 손을 뻗었다.

그러자 무혼살은 호전주를 쳐다보지도 않고 흡사 먼지를 털어내듯이 가볍게 손목을 뒤집었다.

순간 삼천존은 핏빛의 투명한 기운이 무혼살의 손에서 뿜어지는 것을 얼핏 발견했다.

우웅…….

기이한 음향이 실내를 나직이 흔들었다.

퍽!

우두커니 서 있는 삼천존 옆에서 잘 익은 수박을 몽둥이로 쪼갠 듯한 음향이 터졌다.

그가 힐끗 쳐다보자 호전주의 머리가 보이지 않았다.

그는 무혼살에게 막 한 걸음 내디디며 손을 뻗으려던 자세 그대로 굳어버렸다.

그런데 어깨 위에 응당 있어야 할 머리통이 박살 난 채 피와 뇌수가 주룩주룩 흘러내렸다.

'아차…….'

호전주를 쳐다보느라 잠시 무혼살에게서 시선을 거둔 것

을 깨달은 삼천존은 급히 한 걸음 뒤로 물러나면서 반격할 자세를 갖추며 무혼살을 쳐다보았다.

그러나 무혼살은 아무런 행동도 취하지 않았다.

단지 입가에 조소 같기도 하고 한기 같기도 한 엷은 미소를 한줄기 머금고 있을 뿐이다.

순간 삼천존의 등줄기로 식은땀이 주르르 흘렀다. 그가 이런 공포를 느끼는 것 역시 태어나서 처음 있는 일이었다.

'방금 전의 그것은 틀림없는 강기(剛氣)였다.'

강기는 무공의, 아니, 무학의 최고봉이다. 그것은 의지로써 상대를 살상할 수도 있으며, 그 무엇으로도 막을 수도 피할 수도 없다.

물론 삼천존 자신은 아직 강기를 펼치지 못한다. 그것을 무혼살이 전개한 것이다.

용전주는 호전주가 속절없이 당하는 것을 보고 그야말로 혼비백산했다. 그는 그것을 보고 무혼살에게 달려들 용기가 나지 않았다.

"삼천존, 지금부터 네가 알고 있는 모든 것을 내게 말해주기 바란다."

그때 무혼살이 다시 조용히 말했다. 꾀꼬리처럼 아름답지만 소름이 쫙 끼치는 목소리다.

삼천존은 무혼살의 후최면종령술이 풀렸을 것이라고 확신했다. 그렇다면 다시 그녀의 정신을 제압하면 된다. 그러면

간단한 일이다.

삼천존은 재빨리 입속으로 웅얼거리면서 주문을 외우기 시작했다.

"그렇게 불분명한 소리로 말하면 내가 못 알아듣잖느냐?"

무혼살의 그 말에 삼천존은 뚝 멈추었다.

그리고 보았다. 무혼살의 입가에 또다시 떠오른 기묘한 미소를.

'설마…….'

그는 급히 무혼살의 눈을 보았다.

그녀의 눈동자 깊은 곳에서 지옥의 불길처럼 붉게 일렁이는 홍염(紅焰)이 보였다.

불길함이 적중하고 말았다.

'으으… 천마신공(天魔神功)을 익혔다…….'

천마신공은 악마의 절학이고 저주받은 마공이다. 그것을 익히면 인성이 말살되고 마성(魔性)이 정신을 지배하기 때문이다.

그 대신 천상천하무적(天上天下無敵)이 된다. 그 누구도, 무엇으로도 천마신공을 익힌 자를 막을 수 없다.

단, 인간의 능력으로는 천마신공을 익히지 못한다는 단서가 붙는다.

팔대지옥계에는 수천 종류의 무공 비급이 총망라되어 있

었다. 그중에 천마신공도 섞여 있었다. 그저 참고나 하라고 던져 놓은 것이다.

그런데 그것을 무혼살이 익힌 것이다. 그렇다면 후최면종령술 따윈 아무짝에도 소용이 없다.

이제 마지막 방법을 사용해야 할 때다.

삼천존은 뒤로 물러나며 명령했다.

"삼무살과 삼십육비는 무혼살을 제압해라."

그런데 어찌 된 일인지 삼십구 명은 제자리에서 꼼짝도 하지 않았다.

삼천존은 설마 하는 얼굴로 무혼살을 쳐다보았다.

무혼살의 입가에 예의 그 악마의, 아니, 마녀의 미소가 피어올랐다.

"내가 저놈들의 후최면종령술을 풀어주었다. 그랬더니 기꺼이 내 수하가 되겠다고 맹세하더구나."

"이… 이……."

삼천존은 턱을 덜덜 떨다가 돌연 번개같이 우수를 뻗어 무혼살의 가슴에 일장을 날렸다.

위이잉!

삼 갑자 백팔십 년의 공력이 실린 일장이 무혼살을 향해 곧장 뿜어졌다.

쩌억!

"흐악!"

그러나 삼천존의 일장은 그녀의 몸에 닿지도 못했다. 오히려 그가 처절한 비명을 터뜨리며 뒤로 튕겨 날아갔다.

'호신강기(護身剛氣)라니…….'

오른팔이 부러지고 입과 코에서 피를 흘리면서 날아가는 삼천존은 절망을 느꼈다.

그때 날아가던 그의 몸이 허공중에 뚝 정지했다. 그러더니 무혼살을 향해 쏜살같이 날아갔다.

삼천존은 무혼살이 자신을 향해 한 손을 뻗고 있는 것을 발견하고 혼비백산했다.

'허공섭물(虛空攝物)…….'

삼천존으로선 꿈도 꾸지 못하는 신기막측한 수법들이 무혼살에게서 마구 쏟아져 나오고 있는 것이다.

콱!

"흑!"

무혼살이 날아온 삼천존의 목을 움켜잡자 그는 눈을 허옇게 뒤집어 깠다.

용전주는 그 모든 광경을 지켜보면서도 오금이 저려서 아무런 행동도 취하지 못하고 서 있기만 했다.

삼천존조차 맥없이 당하는 판국에 그라서 무슨 재주로 무혼살을 제압하겠는가.

무혼살은 삼천존의 얼굴을 들여다보면서 악마 같은 미소를 흘렸다.

“자, 이제부터 놀아보자꾸나, 삼천존.”

그녀는 삼천존의 목을 움켜잡은 채 바닥에 질질 끌고 계단 쪽으로 걸어가면서 중얼거렸다.

“이 년 전에 네놈 때문에 죽은 사랑하는 내 정인(情人)에 대한 원한부터 시작해 보기로 할까.”

『풍림화산』 4권에 계속…

長虹貫日

장홍관일

월인 新무협 판타지 소설

세상은 언제나 정의가 승리하고,
그래서 사필귀정(事必歸正)이라고?

개소리!

세상은 나쁜 놈들이 지배하지.
그러나 그놈들은 아주 교활해서 절대로 나쁜 놈처럼 안 보이지.
현재 무림을 지배하고 있는 백도의 어떤 인간들처럼……

암제혈로

설경구

新 무협 판타지 소설

—떠나세요, 가능한 한 멀리.
—하나만 기억하세요. 일단 살아남아야 후일을 도모할 수 있습니다.
—떠나.

오랫동안 연락이 두절되었던 이들이 약속이라도 한 듯 찾아와
꺼낸 이야기들과 함께 시작되는 집요한 추적.
그리고 거대한 음모에 휘말려 억울한 누명을 쓴 채로
오직 살아남기 위해 필사적으로 도주하는 한 사내, 진가흔.

"왜 하필 나입니까?"
"자네가 가장 적당하기 때문이지."
"아시겠지만 그를 죽인 것은 제가 아닙니다."
"물론 알고 있네. 그런데 말일세… 그래도 그를 죽인 것이 자네라는
사실은 변하지 않네."

누구를 믿어야 할까.
적아도 명확하지 않은 상황에서 이유조차 모른 채 도주하던
한 사내의 역습이 시작된다.